他们在临床工作中摸爬滚打，

试着成长，试着变得有主见，

试着把白大衣穿出大医生的威严，

他们是一群可爱的小天使，

嘴里笃定地呢喃着

医学生誓言。

他们是一群可爱的小天使。

他们承担压力，承受辛酸；

他们静静经历，默默成长；

他们始终铭记当初的誓言；

他们坚守为生命而战的信念；

因为，他们是医生。

大医院里的小医生

陈罡 著

人民卫生出版社
·北京·

图书在版编目（CIP）数据

大医院里的小医生 / 陈罡著 . —北京：人民卫生
出版社，2023.10
ISBN 978-7-117-35139-3

Ⅰ.①大…　Ⅱ.①陈…　Ⅲ.①长篇小说 – 中国 – 当代
Ⅳ.①I247.5

中国国家版本馆 CIP 数据核字（2023）第 147548 号

人卫智网	**www.ipmph.com**	医学教育、学术、考试、健康， 购书智慧智能综合服务平台
人卫官网	**www.pmph.com**	人卫官方资讯发布平台

大医院里的小医生
Da Yiyuan Li de Xiao Yisheng

著　　者：陈　罡
出版发行：人民卫生出版社（中继线 010-59780011）
地　　址：北京市朝阳区潘家园南里 19 号
邮　　编：100021
E - mail：pmph @ pmph.com
购书热线：010-59787592　010-59787584　010-65264830
印　　刷：北京顶佳世纪印刷有限公司
经　　销：新华书店
开　　本：710×1000　1/16　　印张：15
字　　数：144 千字
版　　次：2023 年 10 月第 1 版
印　　次：2023 年 10 月第 1 次印刷
标准书号：ISBN 978-7-117-35139-3
定　　价：69.90 元
打击盗版举报电话：010-59787491　E-mail：WQ @ pmph.com
质量问题联系电话：010-59787234　E-mail：zhiliang @ pmph.com
数字融合服务电话：4001118166　　E-mail：zengzhi @ pmph.com

继陈罡医生的第一本小说《因为是医生》后，我等待这本新的小说已经好多年了。

多年以前，我刚认识陈罡医生的时候，他在大内科完成了四年住院医轮转，刚完成为期一年的内科总住院医师工作，准备进入肾内科进行专科培训。他带给我一本他撰写的小说——《因为是医生》，书中讲述的是主人公在综合性医院担任内科总住院医师期间发生的故事，我看后感慨良多。他说准备再写一本讲述住院医时代的小说，应该是《因为是医生》的前传。

这一等，就是好多年。

目前已经成为肾内科副教授的陈罡医生，终于拿着这本小说的成稿找到我，我很欣喜，没几天就读完了这本美好的小说。

正如书名所示，这本小说里的主人公是几位在大医院里的年轻医生，因为身处一家大医院，他们每天和各种疑难杂症打交道、收治病人、做手术、做研究……每天都在思考各种问题；因为他们是医生，所以他们懂得这个行业的压力和艰辛；因为他们还是初出茅庐的小医生，所以他们更具雄心壮志、更加朝气蓬勃、更加小心翼翼，也更加脆弱珍贵；他们是实实在在的普通人，他们身上有着你我年轻时的影子。

医院不是一个冰冷的地方，这里有很多温暖的故事。几十年前，我大学毕业进入北京协和医院实习，看到辗转不愈的病人得到康复时觉得医生很伟大，也就是从那时起，"医生"成为我想从事一辈子的职业。现在，我已经工作了几十年，在这所医院的每时每刻，我都可以看到医生们的努力与付出。当然，我们也会遇到一些令人难忘的病人、留有遗憾的案例。相信在每一个医生的心里都有一本故事集，但并不是每一个医生都像陈罡医生这样，能够把自己的心境写成故事。

　　读者通过阅读这本小说，可以看到年轻医生生活的方方面面，作者通过通俗易懂的文字，让读者产生共鸣。或许，你和陈罡医生一样也曾经是个小医生，又或者你正面临着行医路上的种种困惑与烦恼，在看了他写的《大医院里的小医生》之后，也许就能找到解决问题的方法，或许，这就是"小故事里的大道理"吧。

　　我认为，这是一本值得一读再读的书！

　　你要不要来看一看？

北京协和医院内科学系主任

肾内科主任医师

李雪梅

2023 年 5 月

我在北京协和医院工作了十几年，和一个又一个师长、同事、后辈相处。我觉得，他们是这个城市里最可爱的一群人。

从这个角度来说，我写这本书是一件很有意义的事情。

九年前，我卸任内科总住院医师，翌年出版了我的第一本小说——《因为是医生》，一年的总住院医师生活给了我写作的灵感，小说中讲述的便是几位总住院医师的故事，他们是医院里最忙碌的身影，演绎出扣人心弦的故事。

小说出版后受到了大家的好评。有同事自发写了读后感，有读者寄来热情的信件，更有幸获得了"医界好书"的称号，赢得了中国人口文化奖。但最令我感动的是，这几年来，我总能遇到几个医学院的新生，他们告诉我，是看了我的小说后他们才下定决心学医。

他们还问："你什么时候写下一本？"

的确，第一本小说刚出版时，我夸下海口，说要连写三本，组成"医院三部曲"，还很快和出版社签署了合同。于是，几年下来，催我写下一本书的除了读者，还有我的编辑。

如今终于完成了第二本。

如果你看过《因为是医生》，你便会知道这本小说里讲述的便是同样的几位主角初入医院时的故事。那时候，他们还是大医院里的小医生，他们年轻、活泼、充满朝气，如初生牛犊一般的他们不仅有一股子傲气，更有用不完的耐心。他们在临床工作中摸爬滚打，试着成长，试着变得有主见，试着把白大衣穿出大医生的威严，他们是一群可爱的小天使，嘴里笃定地呢喃着医学生誓言。

这世间，医院是对"信、望、爱"最好的诠释，生命是无价的，医学是神圣的，正是有了一群和你我一样的普通人，披上了白衣，才让医院里展现出了人性的柔美。

如果你在阅读这本小说的过程中有所感所思，我会非常乐意知道；如果你放下小说后能在现实生活中对医生说一声谢谢，我会由衷地感到欣慰。

最令我开心的应该会是这样一幅场景：新一年的开学季，刚进校园的医学生走到我面前说：

"嘿，我看了你的小说，下定决心学医。"

陈罡

2023 年 5 月于北京

盛夏的果实

当一摊血在我的视野中奔涌而至的时候，我本能地把头歪向一侧，手中的气管插管握得笃定，又有些僵直，我的双手没有颤抖，却感到心跳得厉害，血液从病人的嘴角和气管插管中涌出，无菌手套上顿时覆盖了一片鲜红，溅洒在白大衣的袖口和衣襟。

十分钟前，一辆救护车撕扯着疲惫的嗓门，掀开夜的宁静。

"56岁，男性，肝硬化，饮酒后呕血2小时！"

这是清晨6点的急诊抢救室。再过两个月就要担任内科总住院医师的我，在抢救室的轮转中经历着最后的磨炼。昨晚又是一个无眠夜，这已经是我当班的第3个气管插管病人了。

25分钟后，病人的生命体征稳定下来，被转运到了内镜室紧急治疗。我稍作收拾，更换了一件白大衣，准备早7点的交班。

此刻的状态很奇妙，我几乎同时感受着清醒和困倦，有那么几个瞬间，思绪里闪现出几年前自己初来熙和医院时的场景。

从国众医科大学毕业的最后一个暑假，我回到了福州老家。临近暑假结束的那段日子，闷热的天气烧热了海边的风，我的心情也由此变得焦躁，以致天气预报在播放台风警报的时候，我居然萌生起一丝渴望。

我被熙和医院录取的消息早于我回到了老家，让身为医生的父母和亲戚朋友之间又多了一道谈资。在乘坐火车回家的十个小时里，我接到了六通各色亲戚的祝贺电话，恍惚间让我有种衣锦还乡的感觉。回到家乡后，在这感觉的陪伴下，我隔三差五地参加亲朋聚会，大家都在祝贺我学业有成，子承父业。

父亲乐得合不拢嘴，在各个聚会上一遍又一遍地说："你们都知道吧，熙和医院是中国最好的医院！"

"之一——"我略感难为情，一遍又一遍地低声补充，但我的声音随即就淹没在亲戚朋友的称赞和祝福声中。

"医生是个好职业！"

"大医院的医生，可都是很赚钱的！"

"再过几年，小程就该当教授了吧？"

"程教授，以后如果我们的身体出了什么问题，就拜托您了！"

……

父亲在一片觥筹交错中喝得满面通红，我在微醺中也有些飘飘然。酒筵散场，往往已是入夜，推开酒店大堂那扇略显沉重的玻璃门，闷热的空气被夜色滋养出几分柔情，街上的行人开始变得稀少，人行道在路灯的照射下显出几分寂寥，飘然散尽，我再一次感受到心底的不安和沉重。

我清楚地知道接下来的日子并不会像聚会上想象的那么风光。早在我接到熙和医院录取通知的当晚，我就给三年前到那儿工作的师姐拨了个电话。

"哦，恭喜你！"师姐笑了笑，稍作停顿，接着又笑了一阵。

"师姐，有什么好笑的？"

"刚刚听到你这么兴奋的语调，我突然想起自己三年前刚接到通知时的样子。"师姐止住笑声，"好吧，来了以后可要坚持住，这里可有长达三到五年的针对住院医师的规范化培训！"

"五年？住院医？"

"是的，你没有听错。你是内科的吧？那么接下来的几年，你会轮转到内科的各个科室，你要干的活儿就是照顾好自己负责的病人。"

"好像也没有什么，就是时间要长不少，师姐，我们实习的时候也管过病人啊。"

"呵呵，等你来了就知道了，熙和医院作为全国疑难病诊治中心，可真不是盖的。"

"是吗，这样说的话，工作压力应该很大吧？"

"刚开始的一段时间，我确实感觉有些吃不消，每收一个新病人都得伤一批脑细胞，又是查资料又是请教各路'神仙'的；而且心理负担还不小，要知道这里的大部分住院医是熙和医学院八年制毕业生，那都是些什么人呀？动不动就是某年某地的高考状元，个个既聪明又勤奋，和这些人整天待在一起压力能不大吗？"师姐缓缓地舒了口气，"不过现在好些了，三年来我一刻不停地追赶，总算没掉队。"

"累成这样了，那么工资待遇高吗？"

"算不上多，但你肯定花不完，因为你根本没时间花钱！"师姐又是一阵笑，然后突然止住了，电话里传来了几声鼠标敲击声，"等你来了就知道了，我不能和你说了，刚给新病人查了个血，现在有急着要处理的医嘱。"

"啊？现在已经是晚上十点多了，你还在医院？"

"这很正常，等你来了就知道了，记住啊，我们可是名副其实的'住院医'呢。"说完师姐就挂断了电话。

一连串的"等你来了就知道了"激起了我的好奇，也给我带来了不安。长期以来，我都不是一个安于现状的人，虽然在任何场合都想表现得像个强者，却也不喜欢全然陌生的挑战，至少不会去拼命。大学的时候，我和一个学妹在学生会共事，相处甚欢，无话不说。有一天，她约我去游乐场，想和我一起玩双人蹦极，我再三拒绝，游乐场里的欢愉都无法掩饰我们之间逐渐变得尴尬的气氛。最后那个女生气呼呼地爬上蹦极台一个人跳了两次，在回学校的巴士里，我们并排坐着，她却一言不发。

过了好久，反应迟钝的我终于隐约明白了这是怎么回事，不过转念一想，我敢肯定，就算重来一次，自己还是不太会跑上那个蹦极台。

眼下，到了暑假的尾声，这种不安让我感到愈发沉重。事实上，我渴望开始住院医的篇章，憧憬着熙和医院的新生活，愿意和优秀的人交往，但却又忍不住畏惧自己身边的人太过优秀，令我黯然失色，相形见绌。

于是，在闷热的海边夏日里，我把自己关在空调房间内，临时抱佛脚似的，重新啃起厚厚的内科学课本，希冀充实的知识能够驱走我内心深处的不安。然而，窗外知了聒噪，室内空调嗡鸣，我的内心始终无法真正平静下来。

我想，这大概是天气太过炎热的缘故吧，或许，等那场台风过后，我内心的不安也能随着气温一起降低一些吧。

台风如期而至。翻滚的乌云如同烧焦的破棉絮，从四面八方涌来，封锁了天空中最后一处惆怅。一开始，这世界是凝固住的，家家户户窗门紧闭，阳台空荡，街上空无一人，小区里树木的枝丫竟也是一动不动。刹那间，一道闪电撕破天际，台风伴着雷鸣咆哮起来，暴雨如泄洪一般浇注直下，又被狂风吹散，密密麻麻的雨点打在玻璃窗上，形成大块大块的晕圈，窗外的世界在我的视野中模糊开来。隐约间，我竟然清晰地感受到院落里的小树苗在狂风中痛苦地挣扎，就连木桶般粗壮的榕树树干也在颤抖，邻居的阳台上传来花盆碎裂的声音，我似乎听到几声婴儿惊恐的哭泣声，却又瞬间淹没在噼里啪啦的雨水声和狰狞狂野的台风声中。

就这样过了一夜。清晨醒来，竟是晴天，天空像是被撕开了一道巨大的口子，湛蓝一片，一眼望去竟是无垠。昨日，天空仿佛把污浊都倾泻到了大地，小区院落里一片狼藉，打落的枝叶、劈裂的墙砖、凌乱的篱笆，散在地面，混入泥土，倚在灌木，无声地倾诉着昨日的悲惨遭遇。苗圃里的花朵被风雨扯落了一地，乍看上去竟像是烈火焚烧过的地毯。令人意外的是，那株木桶般粗壮的榕树被连根拔起，接近地面的部分遗留一处硕大的伤疤，我横竖扫了几眼院落，惊奇地发现那些比榕树细小、昨日在风雨中挣扎得更为痛苦的小树苗竟然没有一株倒下。

猛然间，一种明悟油然而生，奇怪的感受涌上心头，仿佛自熟睡中醒来，睡眼蒙眬中心思却分外通透，困扰我许久的问题终于有了答案，我的每一个毛孔都好似舒展开一般，舒适畅然——在磨难面前，弱者自然经不住考验，一味抗拒的强者也可能被击垮，而那些不断成长、充满韧性和毅力的，反倒可能是最终的胜者。

心中的迷茫，渐渐变得清晰起来。我听到天气预报说，我所在的城市现在恰巧处于台风眼中，晴天只是暂时的，随着台风的移动，不多时又会迎来狂风暴雨。转眼望向窗外，电视报道的声响在我耳边化成一片呢喃，我知道，那些小树苗依然挺拔着，准备迎接下一次挑战。

暑假的最后几天，我提前买好了北上的火车票。父亲原本要送我，但被我拒绝了；母亲不停地往我的行李箱里塞各种东西，我却执意只背起一个轻巧的背包。褪去学生的青涩，我想我需要独立地轻装上阵。

登上火车，告别车窗外的父母，看着他们挥手再见的身影越来越小，列车从一个日落开到了下一个日出，

窗外天边一道晨曦刹那间化成万道霞光，透过晨雾，密
密斜斜地洒满北京城。列车广播在播放终点到站的消
息，背景音乐是卡朋特乐队的《昨日重现》。

......

Those were such happy times

And not so long ago

How I wondered where they'd gone

But they're back again

Just like a long lost friend

......

出了车站，打上出租车，没多久便到了玉府井，我
候在街口等红灯。玉府井毗邻城市的中心，是观光客的
必经之所，熙熙攘攘的人群聚集在街口，只待绿灯亮
起，便如潮水一般涌向对街，我所乘坐的出租车夹杂在
这片人潮当中反而寸步难行。交通灯变了两轮，司机对
我说反正没多远了，让我自己走过去。

短短几百米的路，人流从拥挤变得稀少，耳边由
喧嚣回归宁静，玉府井大街上色彩斑斓的广告牌消失得
一干二净，高耸的百货大楼被我抛落于脑后，映入眼帘

的先是一条孤寂的胡同民居，最后定格于一排青砖绿瓦的建筑群。整个建筑群的门脸不大，却透露着庄严和坚定，楼层不高，却显得扎实而稳重，没有雕栏玉砌的富丽堂皇，一切都保持着最初的古色古香。

这里，就是熙和医院的侧门。在后来的时光里，我一直钟爱这一角闹市中的宁静。这片宁静仿佛从天而降，只有一条巷子与外界相连，没有任何过渡，却又不突兀。

我曾经多次设想过自己踏进熙和医院时的心情，但远没想到，此时竟会是如此的平静，大约，也和这一角的宁静有关。

办完入职手续后，迎接我的便是新住院医见面会和入职教育。我在医院宿舍里稍作收拾，提前十五分钟就到达了会议地点。会议室里已经坐了十几个身着崭新白衣的小医生，他们脸上的稚气并未完全散尽，目光中流淌着青春和热忱。我突然忆起大学实习时和同学们一起穿上白衣，互相打量着对方的那种好笑的新鲜感。

然而不同的是，眼前已经没有熟悉的同学。虽然没有明显的界线，但我还是能分辨出，年轻的医生们分成了两拨，七八个坐在一起，聊着暑假里的趣事，应该是刚从熙和医学院毕业的学生，还有四五个人坐在角落里，小声地寒暄着，显然是刚刚认识的。不由自主地，我也走到了那个角落，和一个披肩发女孩隔着一张椅子坐了下来。

"你好，我叫程君浩。"

"你好，我叫米梦妮，浙江人。"披肩发女孩转过头，微笑的脸上露出两个小酒窝。不知为何，我忽然想起了大学学生会结识的那个学妹，当时我们在讨论活动方案，我赞扬了她的设计，她腼腆一笑，好像也有两个酒窝。

就在我想要说什么的时候，一个高个子男生大步流星地走进了会议室，他的身高估摸有一米八，一副帅气而又洒脱的模样，他径直坐在第一排的座椅上，喘着粗气，一边用衣袖抹去额头上的汗珠，一边扭头打量了一圈房间里的人，突然一惊，猛地一下站起来，差点儿把身后的椅子都带倒了。

"啊？你们都穿着白大衣啊？开会前也没通知要穿成这样子啊！"大高个额头上又渗出了一串汗珠。

"是啊，但好几个科室的主任都会过来，这种场合最好还是穿白大衣吧。"熙和医学院的同学中站起一个苗条的女生，从口袋里掏出一包纸巾递给大高个，"给你，擦擦汗吧。"

听了女生的话，大高个一下子愣住了，嘴巴张得大大的，喘息都好像停了下来，然后猛然回过神来，喊了一声："我回宿舍穿白大衣"，就慌张地一溜烟跑出会议室，根本没顾上递向他的那包纸巾。似乎有些尴尬，女生把伸出的手又插回白大衣的口袋里。

"哎哟，苏巧巧，这么多年，很少见到你对自己班的同学这么体贴过呀。"一位一直盯着笔记本电脑的男生抬起头来，扶了扶架在鼻梁上的黑框眼镜，半开玩笑地说。

"巧了，本姑娘今天心情好。话说，沈一帆，我们大伙儿都在聊天，就你一个人在有模有样地看文献，但周围的一切好像也能够尽收你眼底嘛。"苏巧巧一只手插在腰间，愈发凸显出她苗条的腰身。

会议室里发出一阵哄笑。欢声笑语中，初次见面的陌生感消散一空，不同医学院之间的界限被模糊，小医生们开始了新一轮的自我介绍和聊天。

没过几分钟，内科学系的主任们准时出现在会议室。早在大学学习内科学课程时，这些主任们的名字就随课本知识一起印到了我的脑海中，如今，那些教科书上的名字在我眼前变成了一个个具体的形象，我的心不由得怦怦直跳。令人惊讶的是，初次正式见面，好几个主任竟然可以准确地叫出我们的名字。

"当然记得住名字喽，你们可是我们从成百上千份简历中精挑细选出来的住院医，从今天开始，你们就是熙和医院内科大家庭里的一员。"白发苍苍的沈鹏主任和蔼地看着我们，顿了顿，正准备往下讲，就被一声夹杂着喘气声的"报到"打断，刚才那个大高个穿着白大衣重新出现在会议室门口，他额头上的汗珠冒得更加凶猛了。

"哎呀，是吴军啊，来晚了，快请坐。"沈主任微笑着。

"对不起，对不起。"叫吴军的大高个几步迈进屋里，瞄了个空位转身坐下，正好就在苏巧巧旁边。苏巧巧掏出了那包纸巾放在桌面，吴军先是抡起胳膊抹掉额头上的汗，稍后才反应过来，恍然大悟地取出一张纸巾又擦了擦胳膊，冲着苏巧巧憨厚地笑了笑。

"这天气的确是怪热的！"沈主任仍然笑眯眯地看着吴军，之后他的目光逐一落在我们每个人的脸上，他缓缓地说："今天看着你们，我又一次想起几十年前，自己第一次来到熙和时的场景。在这炎热的盛夏季节，熙和能有你们这样的年轻人加入，对我来说是一种莫大的收获。对于你们而言，我想，能够进入熙和医院，就是对你们大学学习的肯定，同样也是你们在盛夏时节收获的果实。"

我心中一阵激动，随着大家一起点了点头。

"但是，让我们把欣赏和荣誉都放在今天。"沈主任的语气变得更加沉稳，蕴含着力量和激情，"从明天开始，让我们把这枚盛夏的果实当成种子埋在泥土里，你们将成为默默无闻的小医生，你们昔日的光芒将会被尘土掩盖。但是，只要你们能耐得住寂寞，土壤的滋润终究会让这颗果实破土而出，长成一株小树苗，你们的根扎得越深，心越是向往着阳光，这株树苗就会长得越高，我相信，终有一天，它会长成一棵参天大树！"

　　沈鹏主任的语调并没有太多的起伏，在这简短的欢迎致辞中，他在讲台上稳健地来回走动。沈主任年过六旬，慈眉善目，身形消瘦，精神矍铄，给人一种道骨仙风的感觉。

　　会场里很安静，在这份安静中孕育着一股力量。在这美好而充满变化的盛夏时节，我们把一颗种子埋在了心里。

三重境界

轮转的第一个月，我和沈一帆分在一组，轮转呼吸科。如今想来，这是个幸运的开始，也是个痛苦的开始。

我切身体会到了此前师姐电话里提到的"八年制学生"。

沈一帆年长我四岁。他是当年安徽省的高考状元，同时也是一个复读生；他是熙和医学院的优秀毕业生，同时也是一个留级生。

他第一年高考，考到还剩最后一门化学的时候，在那个烈日当空的夏日正午，沈一帆独自一人跑到考场两公里开外的商场享受那里的免费空调，还想着顺便买根雪糕消暑。路过商场里电子游戏厅的时候，他一时没忍住，把买雪糕的钱换成了游戏币，游戏打到通关才如梦初醒地发觉错过了考试时间，一路疾跑到了考场，撞见考场门外心急如焚的父母。此时考试时间已经过去了半个多小时，任凭他的父母如何哀求，考场的工作人员仍然不允许沈一帆迈进考场一步。沈一帆的父亲恼羞成怒，当着考场大门外众多等待的家长，将沈一帆暴打一顿。

高考发榜时，尽管缺少了一门化学成绩，沈一帆的总分还是刚刚好够了二本分数线，他的父母捧着一本翻烂了的志愿填报指南，绞尽脑汁地想着如何给这个尴尬的分数披上一件并不尴尬的嫁衣，沈一帆却当场撕了高考成绩单和那本志愿填报指南，义无反顾地复读去了。

他挨了父亲的又一顿暴打后，喝下了母亲为他熬得喷香的鲫鱼汤。

在人生的第二次高三，沈一帆只干了一件事情——等待。当别的同学复习得热火朝天时，他在等待；当别人考前冲刺时，他在等待；当别人熬夜奋战时，他在睡梦里等待。在上战场之前，别人用一年的时间把利刃反复打磨，他却将宝剑入鞘，等待它拔出来的时刻。如果非要说他这一年真正干了些什么，他只是默默把大学的化学课本读了一遍，似乎想要把一年前化学考场上的一箭之仇化成记忆。

第二年高考时，沈一帆剑拔出鞘，斩获安徽省高考状元的名号，填报志愿时，他郑重地选择了熙和大学化学系。

对沈一帆来说，大学化学课本上的知识早已是他脑海中的深刻记忆，第一年的大学生活因此变得索然无味，他又在平淡无奇的日子里等待了一年。第二年开学，他申请转系到医学院。按照他的话说，他发觉无机化学不如有机化学有意思，有机化学不如生物学有意思，生物学又不如医学有意思。

就这样，大学二年级的沈一帆在熙和医学院的大学一年级中苏醒。同一年，一个叫苏巧巧的大连女孩考入了熙和医学院，沈一帆在火车站迎接新生时遇到了这位学妹。也就是在这之后不久，他提交了转系申请，和苏巧巧成了同班同学。

如今，这么个充满传奇色彩的学霸就出现在我面前，无形之中的压力自是不用说。

病房里的一切事务，对沈一帆来说，似乎都过于轻松。当我第一次收病人，查体、问病史、写病历忙到半夜时，同样第一次收病人的他早已准点下班了；当查房时被主治医师提问，我东一句西一句不能说出个完整答案时，他却能条理清晰地道出答案和出处；当我费尽心思地去完成每一件日常工作时，他早已坐在休息室里，躲在笔记本电脑后翻阅医学杂志，那优哉游哉的神情，想必一如他高三复读时那般志在必得。

呼吸科轮转的第二周，在一个平常的下午，我新收了一位来自湖南的病人，他是由于肺部阴影而住院的张先生。四年来，张先生已经辗转了多家医院，除了观察到偶尔的皮疹、间断的瘙痒和持续升高的嗜酸性粒细胞外，医生并没有告诉他更多的信息。当我一个小医生出现在他面前时，张先生一脸的疲惫和不屑，他递给我厚厚一叠胸部 CT 片和三大本笔记本，说："我想休息会儿，这几年我住院的经历上面都写得清清楚楚，你先看完再和我说话吧。"

于是，我扛着 CT 片和笔记本回到办公室，按照时间顺序把 CT 一张张地放在阅片架上，摆满了半个墙面，盯了半天依然看不出什么名堂，索性又翻开笔记本，期待能从张先生既往的治疗经历中发现一些线索。让我大失所望的是，笔记本中所谓的"经历"竟是夹叙夹议的"编年史"——张先生按照时间顺序记录了他生病以来的症状变化、看病经历、检查报告和心路历程。一个多小时过去了，临近下班时间，我终于看完了其中一本笔记。

正当我头脑发木，一筹莫展地望着墙面上时而出现，时而消散的肺部阴影发呆时，沈一帆悠闲自得地走进办公室，伸了个懒腰，想必又是早早完成了自己的工作，在一旁的医生休息室看了一下午文献。路过阅片架时，他饶有兴致地盯着上面的 CT 片，随口问了我几个有关张先生病情和化验检查的问题，脸上渐渐露出轻松而又兴奋的神色。十分钟后，他对我说："程君浩，这个病人一定要注意查寄生虫，你看这些阴影的变化和周围的痕迹，我觉得好像有寄生虫爬行的迹象。"

他指着那些 CT 片，一张一张地向我描述他发现的那些"虫道"，脸上的神情依旧是既轻松又兴奋，似乎一切都是那么理所当然，那么气定神闲，那么得来全不费功夫。

崇拜和气馁在心里交织。这感觉，就像是一个小学

21

生练了半天投篮，球都还砸不着篮筐，迈克·乔丹突然出现在他面前，轻轻松松就耍了一个扣篮。

窗外的北京，黄昏将近，晚霞映红了半边天，一如沈一帆的怡然自得，也如同我羞愧而不甘的心。

"那也不能这么肯定吧，张先生住过那么多医院，做了很多次痰液检查，都没有找到寄生虫呢。"面对沈一帆敏锐的观察力和缜密的分析，我甘拜下风，但还想无力地寻找些反驳的理由。

"再多找几次吧，说不定能找到些什么。"沈一帆拎起手提包，哼着歌准备回家了，声音里透着一股难以辩驳的自信。

仿佛考试作弊一般，我拿着CT片走到张先生的病床前，把沈一帆发现的"虫道"展示给他看，张先生抬起脑袋认真看了我一眼："以前还真没有医生告诉我这些，看来你这个小医生很了不起嘛，那么，接下来我该做什么检查呢？"

"痰液找寄生虫之类的吧。"

"这些检查以前也都做过，但通通没有什么发现。"

"再多找几次吧，说不定能找到些什么。"不知不觉间，我发觉自己在试图模仿沈一帆自信的语气，但却没有那种掷地有声的肯定，仿佛一粒石子掷入水中，浮夸的闷响过后，陷入空荡之中。我心里一阵慌乱，说完后就匆匆退出张先生的病房。

第二天查房时，主治医师肯定了沈一帆的 CT 发现，他对着沈一帆点了点头："作为第一年的住院医，能有这样的观察力和阅片水平，真的很了不起！"

"这阅片水平，简直是天才！"

"太神奇了，难以置信！"

"神医！"

同组的住院医啧啧称奇的赞叹声此起彼伏，沈一帆的神情依旧淡然，只是手中的笔比平时转动得欢快了一些。

"你们多留意临床上的点滴，努力多看文献、多阅读，也能像沈一帆一样，训练出对疾病敏锐的嗅觉。"呼吸科的主治医师年近四十，姓楚名柳，为人处世像他的名字一般优雅而富有古韵，对疾病的判断常常一针见血，治起病来出手果断却又不失细致，加上他风流倜傥的外表，我第一次见到他的时候就联想起武侠小说中的侠客楚留香。

查房结束，我一脸诚恳地看着楚医生："请问，有没有什么能够快速提高 CT 阅片水平的书呢？"

楚医生先是默不作答，含笑地看着我，少顷，他反问我："你在大学里考过放射影像学，分数怎么样？"

我愣了少许："考得挺好的，不过那些应该只是基础吧？"

"那就足够了。要知道，世间所有复杂的事物都源于基本的演变。"楚医生的目光依旧带着几分笑意，"在学生阶段，最重要的是抓住课本知识，牢牢掌握基础，而你现在是住院医了，在临床实践中最重要的是体会这些基础的演变，摸索经验。在呼吸科轮转，你每天都会看到大量的 CT 片，如果你能做个有心人，仔细观察每一张 CT 片，久而久之，我相信你的阅片水平也会像沈一帆那样传神的。"

我似懂非懂地点了点头。下班路过书店时，还是心有不甘地钻进店里，抱出几本沉甸甸的大部头影像学书籍。回到宿舍，翻开其中一本，一口气啃到大半夜。第二天醒来，发现自己枕在书本上睡了一夜。

如此反复了将近半个月，我的心情变得不安和急躁。每天查房阅片时，我总是渴望展示自己多日苦读的成果，奈何面对不同的 CT 片，脑中还是一片空白，不知从何处入手分析。每当这时，沈一帆总是不慌不忙地扫上几眼，再慢条斯理地道出其中的蹊跷所在，然后，我才如梦初醒般地顿悟——原来是这么回事！

我也问过沈一帆是否有推荐的影像学书本，他疑惑地抬了抬眼镜："我还真没有专门看过什么影像学的书，就是觉得 CT 片比较有意思罢了。"

我突然心生怯懦，越是努力，越能清晰地体会到我和沈一帆之间的差距，那似乎是一道不可逾越的鸿沟。难道所谓普通人和天才的距离，就是自己在不断追赶和奋进中和他们渐行渐远吗？

让我不安和急躁的另一个原因是我已经让张先生留了近两个星期的痰，送检的结果都是——没有发现寄生虫。

我暗自埋怨张先生一定没有好好留痰，但我亲眼看到他清晨起来清水漱口数次，然后用力地清出肺部深处的痰液，整个过程无可挑剔。张先生私下里嘀咕，原来到了熙和医院还是黔驴技穷，但他也亲眼看到大晚上我还坐在办公室里盯着他的资料查文献，所以当面并没有对我有丝毫抱怨，对各种嘱咐仍是言听计从，每天起床努力地把痰大口地咳出，留着标本做检查。

当我第五次得到痰找寄生虫阴性的结果，查房讨论病例时，我终于按捺不住了。

"我们的思路一定是有问题的，这种化验，做多少次都是一样的，我仔细数过张先生以前的就诊历史，他总共做了六十二次痰液检查，从未发现过寄生虫。"我带着几分愤懑，瞟了沈一帆一眼，寻思着：看，你阅片水平再高，也还是有不对的地方吧？

楚医生不动声色地重新翻阅了一遍张先生的病案，又拿出他的CT片端详了好一阵。他的眼角再次浮现出那种含笑的神情："查完房，你跟着我，我们自己在显微镜下看看张先生的痰液标本如何？"

自己看又能如何？这一次会和前面那六十二次的检查结果不一样吗？我感到有些好笑，但带着几分好奇，查房后还是跟着楚医生到了他的办公室。

楚医生将手中的痰盒在办公桌上一字摆开，戴上手套，旋开显微镜的光源，小心翼翼地打开痰盒，用滴液管吸出一点儿痰液滴至载玻片上，又用另一个玻片将痰液在载玻片上推出均匀的薄膜，然后持着载玻片置于显微镜的光源上，放稳，调焦，双眼对着目镜，细致入微地探索着显微镜下的方寸世界。

良久，楚医生终于完成了对这片载玻片的"探索"，他将标本弃置于污物箱。重复之前的一套动作，对着显微镜开始了新一轮的观察。

显微镜前，楚医生沉稳地坐着，他微微弯着腰，双眼注视着镜头，眼睛半天不眨一下，显微镜的光源透过他的眼镜片，照在他光整的额头上，印出浅浅的光晕，他脸上的表情同样是那种不动声色的沉静，如同战场上运筹帷幄的将军，又如同大海上驾驭航舰的船长。

过了一会儿，楚医生又开始了新一轮的痰涂片制作，同样的沉稳和一丝不苟，仿佛此刻在他手头的，是陶艺、是插花、是茶道。

我看到了一种匠心独运，一种任由世间纷扰，我心自净的匠心。

半个小时过去了，楚医生还是一无所获，几近正午，他从显微镜前抬起头对我说："你先吃饭去吧。"

我本想再等等，奈何肚子饿得咕咕叫。当我推开办公室门时，楚医生又恢复了显微镜前的坐姿，平静得如同一尊雕塑。

草草吃了几口午饭，我又帮楚医生拎了一盒饭回到病房，心想这场持久战该有分晓了吧，但显微镜前的楚医生还是重复着取样、涂片和观察，他告诉我再稍等片刻，神情里没有一丝着急。

就这样又过了一小时。放在桌面的盒饭早已凉透，我拿起一本书翻看了几十页，楚医生依旧是机械而平静地重复着。终于，他停了下来，向我笑了笑，说："你看看这个。"

我"啪"的一声放下书本，凑到显微镜前，镜头下那片神秘的方寸世界在我的眼前展开。

视野的正中央有一个不规则的椭圆形，橙黄的颜色，里面堆着一个个圆泡样的东西，楚医生告诉我这橙黄色的椭圆便是肺吸虫的卵。在这个虫卵的周围，聚集着成堆的白细胞，楚医生告诉我其中不少应该是嗜酸性粒细胞。

困扰张先生多年的谜团终于水落石出，我忍不住想大声呼喊，想把这个答案第一时间告诉张先生。我拉着楚医生，走向张先生的床旁，告诉他这个消息，告诉他解开谜团的就是这位连续数小时细心而又忘我的、充满匠心和仁爱的医生。

多年来病痛折磨着张先生和他的妻子，这对坚强的夫妇没有哭过。而今，当他们听到这个答案的探索过程，他们落泪了，他们兴奋、幸福、感动、感叹，他们如释重负，他们热泪盈眶。

回到办公室，楚医生掀开冰凉的盒饭，大口大口地吃得喷香。末了，他平静的脸上又浮现出一丝笑容："程君浩，你觉得这六十多次的痰液化验，为什么只有最后一次才找出了寄生虫呢？"

"您比那些实验室的微生物学专家还要厉害。"我不假思索地说。

"当然不是这样。"楚医生放下筷子，收拾好桌上的饭盒，"要知道，我们医院，还有张先生此前的几家医院的微生物室都是鼎鼎有名的，那里有最专业的设备和最有经验的医生，他们一眼就能看出的异常，我要盯上好半天才能发现个大概。但是，像我这样的'笨人'也有笨办法，别人十分钟看完的东西，我花十倍的时间看，别人抽样取标本观察，我把标本从头看到尾。功夫不负有心人，只要下足了功夫，自然就会有收获。"

看着我若有所思地点点头，楚医生继续说道："我看得出，你很羡慕沈一帆的阅片能力，也在拼命下功夫想达到相当的水平。你爱看书，这很好，但就像我之前告诉你的那样，到了临床，病人和案例是最好的书籍，当你彻底了解一个病人，吃透一个案例，收获远比你盯着书本看要大得多。"

"这就是所谓的'在临床实践中摸爬滚打'吗？"

"不错，就是这样的。"楚医生端起杯子喝了口水，"看得出，你一直在以沈一帆作为奋斗目标，但在我看来，沈一帆还算不上第一流的住院医。我觉得，住院医可以分成三重境界——知病、知事和知人。"

"三重境界？"我惊愕道，"怎么听起来这么高深？"

"其实说白了一点儿也不高深。熟练掌握常见疾病的诊治是住院医的基础，就是所谓'知病'；能够妥善安排好病人的病情诊治，做主治医师的得力助手，就是所谓'知事'；倾听每一个病人的故事，做好病人的长期规划，设身处地为病人着想让他感到心安和踏实，就是所谓的'知人'。通过规范化训练，大部分住院医能够达到'知事'的境界，沈一帆目前也还是在这个阶段。其实，你应该朝着更高的目标去努力。"

我点了点头，问道："那我具体该怎么做呢？"

"你自己都说过了，'在临床实践中摸爬滚打'，真真正正地去了解每一个病人。"楚医生又是淡淡一笑。

谈不上豁然开朗，楚医生的一席话为我打开了一扇窗，透过这扇窗，我感受到习习凉风和隐约可见的一片更为广袤的天地。

这天晚上，沈一帆如往常一样准时下班，我依旧进行着最后的收尾工作，但这一次，我并没有像前几天那样急着赶回宿舍去看"大部头"，而是留在病房里，一本接一本地翻阅所有住院病人的病历，点亮阅片架，摆上一张张 CT 片进行观察，走到床前，和感兴趣的病人攀谈。我发现，原来 3 床王大姨的肺间质纤维化可能和石棉接触史有关，8 床刘大叔肺血管炎的肺部阴影在加用激素后开始慢慢消散，17 床温大妈早年炒房，在全国有七十多套房产，却不幸被查出晚期肺癌⋯⋯

不知不觉间，我在呼吸科轮转的日子已满一个月。这天，沈一帆哼着小曲儿走进办公室，一脸春风得意地告诉我这个月的工资发了。

我曾经多次想象过自己拿到第一个月工资时的心情，也在脑海中盘算过我要给父母象征性地发点儿红包以示感谢。但真正到了这一天，我的心里竟是静如止水，发工资的消息并没有在我心里泛起一丝涟漪，我只是机械地回应道："哦，发工资了呀。"

一个人从开始工作到退休，能领到的工资也不过五百多次。从这个角度讲，每个月发工资，也都在无情地提醒着年龄的增长和青春的逝去。一个理想的职业，应该是在工作中还能够不断地学习和进取，当霜染鬓发时，还能够无怨无悔，能够感受到自己真真切切地活过。

所谓"医生"，应该是这样的职业。

楚医生笑脸盈盈地拍了拍我和沈一帆的肩膀说："你们两个第一年住院医这个月的表现可圈可点，趁着今天发工资的日子，我请你们吃顿好的！"

"楚医生有点儿偏心啊，怎么能只请第一年住院医呢，把我们也带上吧。"其他几位住院医在一旁起哄。

"好呀，听者有份，我都带上。"楚医生爽快地答应了。

医生办公室里短暂地响起了一阵欢呼，在这样热烈的氛围中，我心里一热，不知触动了哪一根神经，忽而激动地回想起自己想象中拿到第一份工资时的心情。

沈一帆反而变得扭捏起来，推说今晚他已经有约了。

"哈哈，你是约了苏巧巧吧？"一位住院医冲着沈一帆挤眉弄眼。

"承认了吧，这么多年你的心思，师兄我还不懂？"

"第一份工资就用来追女孩呀，加油哦！"

……

在一片笑声中，沈一帆的脸变得通红，他推了推自己的黑框眼镜，躲到笔记本电脑后面去了。

西西弗的悲欢

普通内科绝不普通。

普通内科是熙和医院的特色科室。在医学分科越来越细的时代，普通内科独辟蹊径，专门收治一些奇奇怪怪、看上去无法归类到某个专科的病人。作为享誉全国的疑难病诊治中心，熙和医院每年诊断了大量的罕见疾病，而普通内科收治的病种更是罕见中的疑难，疑难中的罕见。

又到了每个月初科室轮转交接班的日子，下午5点，在前往普通内科接班的路上，苏巧巧和我提起了在普通内科广为流传的一段佳话。

几年前，一位美国著名教授来熙和医院普通内科参观，听完介绍，他饶有兴趣地问："你们现在这30多张病床上都收治了什么样的病人呢？"

"这两位是刚收进病房的腹腔积液查因，这三位是不明原因发热。剩下的这些病人是诊断明确的，有四位是系统性红斑狼疮，两位是干燥综合征，这位是 Lam 病，这位是 Gitelman 综合征，这里有五位是 POEMS 综合征……"主治医生打开住院系统，挈着病人名单向美国教授介绍。

"等等，你说的是'五位是 POEMS 综合征'？不可能！这个病，我一辈子也没诊断超过十个！你们该不会是过度诊断了吧？"美国教授惊讶中带着困惑，困惑中带着怀疑。

主治医生带着美国教授来到了病人床边，挨个给他讲述病人的病史特点和化验结果，一位、两位、三位……教授开始频频点头。最后，这位美国教授像是发现了新大陆，他眼中的怀疑变成了兴奋，声音中既有惊讶，也有激动，他说："So so many POEMSs!"

这一串同时期收治的 POEMS 综合征病人，造就了普通内科史诗般的时刻。

五楼的电梯门打开，我随着苏巧巧走进普内科病房，随着办公室门慢慢打开，一阵沉稳而严肃的声音传来："我想现在给 25 床做腰穿 ①，你们谁去？"

屋里的阅片灯下围着里外两圈医生，他们正看着几张头颅 CT 片。

"但是，现在 5 点了，大检验室快下班了，这时候做腰穿，很多化验是送不齐的……确定现在做吗？"站在外圈的一位年轻医生说道。

"当然做，现在我只想知道病人的脑脊液压力，再加上脑脊液常规和生化检查结果就够了，万一提示感染，我们今晚就调整治疗方向。"沉稳的声音来自阅片

---

① 腰穿：即"腰椎穿刺"的简称，是通过腰椎间隙穿刺测定颅内压并获得脑脊液进行检查的方法。

灯下正中央的一位医生，他身材略显魁梧，穿着刷手服，厚厚的黑框眼镜并未遮住他犀利的眼神。苏巧巧告诉我他是这个月普通内科住院医生组长，名叫武问。

"普通内科住院医生组长是内科总住院的岗前岗，通常由第四年住院医中的佼佼者轮流担任。"苏巧巧小声地补充道，"他很严肃，布置的临床工作要抓紧完成。"

现在正讨论的是一位 23 岁的女性病人，有一个好听的名字——张欣蕊。3 个月前她出现发热和皮疹，发热没什么规律，四肢间或出现红色皮疹，当地医院考虑了风湿病和感染性疾病，但一通风湿病的抗体检查之后一无所获，病原体筛查也算细致了，结果依然模棱两可，前前后后做了 5 套血培养，只有其中一组回报肠球菌阳性。于是，这仅有的阳性结果成了治疗的唯一依据，但输注了两周万古霉素，病人的发热情况一直没有改善，当地医院联合了另一种广谱抗生素，又过了两周，张欣蕊的病情急转直下，发热的情况比之前更严重了，双下肢出现出血点，查体发现脾大，检查结果显示血细胞数量明显减少。

"噬血综合征！"苏巧巧也加入了讨论。

武问循声看了我们一眼，点了点头："血液中，吞噬细胞是一把双刃剑，一方面它像清洁工一样吞噬入侵的细菌和衰老的细胞；另一方面，如果它过度活跃，就会不分敌我，把人体内有用的细胞一并吞噬。今天上午，张欣蕊刚收住院时我们就安排了骨髓穿刺，刚才我去了趟骨髓室，确定有吞噬现象。但噬血综合征只是表象，和发热、水肿、头痛一样，这背后隐藏的感染、免疫病、肿瘤或者其他疾病才是真正需要我们去发现的。"

"会不会是感染性心内膜炎？"我问，"毕竟有发热和血培养阳性，而且感染性心内膜炎也可能出现皮疹。"

"外院的超声心动图是正常的，查体也没有听到心脏瓣膜杂音。"苏巧巧已经在翻阅病人的病案记录了。

"看这里"，武问敲了敲阅片灯，指着头颅 CT 片的一个地方说，"稍低密度灶，我怀疑感染灶就是这里。你们谁现在去做个腰穿？"

"我去吧。"苏巧巧凑上前看了几眼 CT 片，撸起白大衣的袖子，武问赞许地点了点头。

苏巧巧迅速做了个腰穿，也顺理成章地接管了这位病人，她坐在电脑前，打开病人的住院记录，盯着屏幕认真阅读起来，边上一位住院医提醒她做腰穿时搁在办公桌上的手机震动了好多次。

苏巧巧抓起手机，"呀"了一声，回拨过去："嗨，一帆，我刚接手了一个巨复杂的病人，今晚要好好熟悉病历，话剧我就不看了哈。"说完，她一只手把手机丢到白大衣的口袋里，接着扯下操作时戴着的一次性帽子，扎得整齐的马尾散落下来，欢脱地跳动了几下。

半小时后，腰穿的初步检查再次给出了模棱两可的提示。一般来说，颅内感染时，脑脊液会变得混浊，细胞数和蛋白成分会增加，而细菌嗜糖，脑脊液中的葡萄糖含量往往会下降。张欣蕊的脑脊液基本上是清亮透明的，脑脊液中细胞数和蛋白成分比正常值高一些，而葡萄糖含量又只是接近正常下限。

"很不典型。这能肯定是颅内感染吗？"苏巧巧挑了挑眉头，"好在我同时留了脑脊液的各种培养，过几天可以等到细菌室的消息。"

"不等了。"武问也在办公室里等着脑脊液的化验结果，看着屏幕上的结果，他眯着眼睛，牙齿咬了一下下唇，"我们先给病人加上抗真菌药。"

"为什么？我们现在还没有充分的证据啊。"我有些困惑，在缺乏证据的情况下作出这种方向性的临床决策是不是有些草率了？

"我要抢时间。"武问攥了攥拳头，"如果一个东西看起来像鸭子，叫起来像鸭子，走起来像鸭子，那么它就是鸭子。病人头颅 CT 呈现可疑的颅内感染灶，临床表现倾向于感染，脑脊液至少有感染的提示，我认为可以用感染来解释整体病情。病人用了那么久的广谱抗细菌药物，病情却还在持续恶化，提示未必是细菌感染，所以我考虑使用抗真菌药物治疗。"

"再等几天细菌室的结果回报不是更好吗？万一你目前猜测的鸭子最终是黑天鹅呢？"

"小伙子，噬血综合征是非常非常危险的，我见过很多悲惨的例子。"武问回头看了我一眼，语气里充满了坚定。

在循证医学高度发展的今天，如果在证据不明朗的情况下需要作出快速决策，似乎没有什么道理比"我见过"这三个字更有分量。

或许，这就是临床医学的魅力之一。

用上抗真菌药后的三四天，张欣蕊虽然还是在发热，但体温高峰开始一点点地下降，她的精神状态似乎好了不少。接班那天，张欣蕊还只是虚弱地躺在病床上，听说要做腰穿时，她"嗯"了一声，轻轻地皱了皱眉就答应了，她的母亲看着孩子入院第一天就既做骨穿① 又做腰穿，在床旁站着神伤。今天查房时，张欣蕊斜躺在床头，身后叠着枕头，见到我们过来，她第一次挤出了一丝笑容。

---

① 骨穿：即"骨髓穿刺"的简称，是一种通过穿刺针插入骨髓腔采集骨髓液的诊断技术。

"她是个开朗的孩子，以前可爱笑了，好久……没有这样了。"母亲看到张欣蕊的笑容，把头扭到一边，双手捂了一会儿脸。

"阿姨，一定会越来越好的。告诉你一个消息，我们送去培养的脑脊液，今天上午检验科反馈可能是曲霉菌，虽然这是一种比较难治的感染，但只要用对了药，假以时日，欣蕊一定会慢慢康复的。"苏巧巧拍了拍张欣蕊母亲的肩膀，接着又转身走到张欣蕊的床头，微微地蹲下身，把头歪向张欣蕊一侧，掏出手机，对着她说："来，妹妹，看看镜头，和姐姐一起笑一个，你的病一定会好起来的。"

镜头里的张欣蕊笑得有些腼腆，但很自然。

又过了两天，张欣蕊的发热情况进一步改善，身上的皮疹也出现了部分消退，苏巧巧的心情变得分外好。今天下午，她在办公室里一边轻哼着小调，一边敲击着键盘写病程记录。

沈一帆打来电话，问临近周末，苏巧巧有什么安排没有。

"本姑娘心情好，周天可以去看看你之前提到的那个话剧。"

放下电话没多久，值班护士脚步匆匆地走进办公室："你们快来看看病人！25床！便血！大量！"

苏巧巧嗖地起身，一路小跑。

"血压 90/56mmHg，心率 113 次/分。"病房里一名护士对进屋的我们说道。

"呼吸音清，心律齐，肠鸣音活跃。"苏巧巧拿起听诊器在张欣蕊身上快速移动着，放下听诊器，她对护士说，"禁食水。抽血送检血常规和生化。开两条静脉通路，快速补充生理盐水 500mL！泵上奥美拉唑和生长抑素！约两个单位红细胞！"

苏巧巧的手开始在张欣蕊的腹部轻轻按压，按到腹部中央时，张欣蕊喊痛。

张欣蕊的母亲神色紧张，有些语无伦次："刚才，孩子想洗头，我拿水帮她洗，她要下床，我帮她洗头，突然她说肚子痛，我扶她上厕所，我看到便池里都是血，血糊糊的一大片……"

二十分钟后，急查的血红蛋白回报下降了大约 15g/L。武问和病房主治医生霍敏也赶到了现场。

"初步处理得不错。我们请介入科做血管造影！"霍敏说。

"赶快，请消化科也过来会诊！"武问补充道。

消化科和介入科帮了大忙。消化科考虑出血部位位于下消化道，但可能位于结肠镜操作不可及的部位，介入科随即尝试血管造影，果然发现小肠部位有造影剂外溢征象，确定为小肠出血。

"这个出血部位很尴尬。"介入科医生和消化科医生对视一眼，"内镜够不到，出血的分支血管还比较大，如果贸然介入下尝试栓塞，部分小肠可能会因此缺血坏死。"

"所以眼下的权宜之计是保守治疗了？"苏巧巧轻轻一跺脚，"等待反而是最佳策略？"

"万一不行就需要外科手术了。"消化科医生盯着血管造影的屏幕，造影剂像一缕淡淡的青烟从小肠的出血部位冒出，"寄希望于保守治疗能够成功吧。"

"欣蕊，你听好，你现在又面临着一道难关，但你还是要好好地闯过去。"把张欣蕊送回病房后，苏巧巧蹲在床旁，握着她的手说，"接下来的几天，你不能吃东西，我们给你输营养液，为了判断出血停了没有，我们还会频繁抽血化验，肚子有什么不舒服就告诉我们，我们会陪你一起度过这段时间。"

张欣蕊把苏巧巧的手往自己胸前拉了拉，轻轻点了下头。欣蕊的母亲在边上向我们鞠了个躬："一定听医生的，孩子交给你们，我是放心的。"

保守治疗初见成效，这两天张欣蕊的血便次数明显减少，每次的出血量也非常少。

周天是我值班，接班后，我打开电脑查看化验结果，第一眼就去查看张欣蕊急查的血常规。

"棒！血红蛋白稳定！"不知什么时候，苏巧巧站在我的身后，她看着那张血常规，嘴角微微咧着，大眼睛眨巴两下，随手在头发上抓了两把，将蓬松的头发拎出一条高马尾，"昨晚我睡在病房，没回宿舍。"

说着，她拉开一把椅子，在我边上的电脑桌前坐下，查看她管理的病人们的化验结果，又打开病历敲打着病程记录。

就这么过了大半个小时，我在病房巡视一圈回到办公室时，苏巧巧还是坐在电脑前敲着键盘，嘴里轻轻地哼着歌。

"唉，我猜你就在这里。"办公室的门推开，沈一帆喘着粗气，像是一路小跑过来的样子，看到我，沈一帆略有些不好意思。

"呀！我忘了，对不起，对不起。"苏巧巧突然从椅子上弹起来，在衣服口袋里翻动两下，"咦，我手机可能放在值班室了，我们约了几点去看话剧来着？"

"唉，现在过去已经迟了，去不成了。"听沈一帆这样说着，苏巧巧嘟着嘴，双手合拢放在胸前，睁大眼睛无辜地望着他。

"算了，没事，没事，知道你这周很忙。"沈一帆把手里的快餐盒递给苏巧巧，"如果我没猜错，你可能早饭还没吃吧？"

"呵呵，猜对了。"苏巧巧拍了拍手，笑盈盈地接过快餐盒，打开一看，"呀，是我最喜欢的煎饼馃子。"

苏巧巧直接上手抓起煎饼馃子就往嘴里送。"你倒是擦个手呀。"沈一帆另一只拿着湿纸巾的手僵在半空中。

我忍不住嘿嘿地笑了两声，沈一帆偷偷瞄了我一眼，不好意思地挠了两下脑袋，他把湿纸巾放在苏巧巧的电脑桌上，扭头对她小声说："我先走了。忙完了早点儿休息去，这个一会儿吃完了擦手用。"

"嗯，好好吃啊，谢谢你的早餐。拜拜。"苏巧巧低头咬了一大口煎饼馃子。

接下来的好几天，张欣蕊没有再便血，接连几次化验都显示她的血红蛋白稳中有升，针对消化道出血的治疗强度在慢慢下调。今天查房，我们告诉她可以开始尝试吃一点儿流食了。

然而，就在当天下午，张欣蕊喊肚子痛。

我们迅速赶到她的病床旁时，她正蜷着身子，额头上冒着豆大的汗珠，刘海被汗水浸湿，毫无生气地贴在脑门上，我们想查体看看腹部情况，张欣蕊使劲儿摇了两下头，嘶哑着嗓子说："别按我……痛……"

急查血红蛋白，比上午下降了快 20g/L。

"十有八九还是那个地方出血了。"武问拿着化验单，和张欣蕊母亲交代病情。

"我们再次做血管造影定位，如果确定下来，很可能需要找外科帮忙。"霍敏医生补充说。

"要手术是吧？我心里有准备了。"连续几个月的一波三折，张欣蕊母亲显得异常平静，"唉，我只是给孩子喝了两小碗的小米粥啊……"

当天晚上，张欣蕊急诊上台，切除了出血部位 12cm 的肠段。

霍敏、武问和苏巧巧都守在病房，看到张欣蕊的手术床推回病房时，一起迎上前去。张欣蕊麻醉刚醒，听到大家的呼唤，微微眨了一下眼睛。霍敏和武问安慰张欣蕊母亲："手术顺利，孩子会慢慢好起来的。"

霍敏和武问离开病房后，苏巧巧继续在床旁观察了一会儿心电监护，查阅了刚才的手术记录，张欣蕊母亲默默地看了片刻，走到她身边："苏医生，这些天孩子受了不少罪，也辛苦你照顾了。"

自从住院以来，张欣蕊的母亲没有哭过，她有过慌张，有过不安，有过惶恐，但从来没有哭过，突然间，她眼睛一红，眼泪一下涌出眼眶。

"阿姨，您别这样。"苏巧巧双手搭在张欣蕊母亲微微颤抖的肩膀上，一向落落大方的她竟然也显得有些不知所措。

"苏医生，孩子真的会好起来的，是吧？"

"嗯。一定会这样的。"苏巧巧轻轻地搂了一下张欣蕊母亲。

术后第二天，苏巧巧再去看张欣蕊的时候，她已清醒过来了，母亲把她的脸擦得很干净，见到苏巧巧，她那只没在输液的胳膊悄悄伸出被单，比了个"V"字。

"术后看病人，体温正常，目前禁食水，外周补液治疗，尿量正常，腹部手术伤口正常。"查房时，苏巧巧汇报张欣蕊的情况。

"对这位病人，我们一直很被动。病人的病情变化总是超出我们的预计，我以为诊断了颅脑曲霉菌感染就到头了，没想到还有消化道出血，而且我找不到合适的'一元论'去解释这两件事情。消化道出血的位置很蹊跷，不是应激性溃疡的常见部位，也没有证据证明存在小肠血管畸形，要说小肠也发生了感染，这也太少见了。"武问有些懊恼地摘下自己的眼镜，放在桌面上。

"手术标本我们送检病理初步没有特殊发现，送检病原的标本还没有最终回报，不过也没有明确的感染提示。"霍敏医生接着说，"在普通内科，我们每年都诊断了许多原先摸不着头绪的疾病，但也有大量疾病直到最后我们也没有弄清楚。你们觉得，对于诊断而言，什么是'金标准'？"

"病理。"我不假思索地说，这也是教科书里写得明明白白的。

"我觉得不尽然。"霍敏看了我们一眼，"多年工作下来，我觉得随访才是。当纷繁复杂的病情呈现在我们面前的时候，有时只是一个时间断面，重要的信息、不重要的信息、毫不相关的信息，一股脑儿地扑面而至，但却难以提炼出明确的诊断。其实，对于很多疾病而言，时间是最重要的变量，随着时间的变化，很多事情会愈发清晰，很多诊断会水落石出。"

"那么，对于张欣蕊来说，我们现在怎么才能做得更好呢？"苏巧巧看着霍敏的眼神有些迷茫。

"守住这位病人。"霍敏点点头，"陪她一起度过最困难的时期。"

"霍医生，这段时间，我觉得自己也好，张欣蕊也好，都好像希腊神话里的西西弗。"苏巧巧缓缓低下头，从对面看过去，她长长的睫毛微微颤着，"他被诸神惩罚推一块大石头上山，但每次他费尽力气把石头推上山，石头又会重新滚落，西西弗只能如此往复地推动石头，永无止境。几乎没有什么比这更悲惨、更没有意义的了。短短几个月，张欣蕊经历了不知多少次希望破灭的过程，而我们也不知尝到了多少次挫折和困惑的滋味。"

　　"我知道你的困惑。的确，没有什么比重复的痛苦更能摧毁一个人的意志了。"霍敏轻轻合上面前的病历本，把目光投向窗外，"但直面荒谬，创造出哪怕仅属于当下的意义，对于身边的某个人而言，也很可能是巨大的胜利。西西弗的故事并不是单纯的悲剧，当西西弗看着石头滚落时，用自己的意志重新启程，其实也证明了他的意志比石头更坚强，比惩罚他的诸神更坚定。"

　　"罗曼·罗兰说过，世上只有一种英雄主义，就是在认清生活真相之后依然热爱生活。"武问看着我们，"在真实的临床中快点儿成长起来吧，第一年的住院医们。"

　　苏巧巧抬起头，和武问对视片刻，略有所思。

　　我们和张欣蕊一起再一次启程，推着滚落的石头向上攀爬。一台手术下来，张欣蕊和她母亲都消瘦了不少。苏巧巧每天仔细观察张欣蕊的病情变化，晚上免不了加班，病房里时不时地出现沈一帆送晚饭的身影。

"我跟你说啊，这些日子，张欣蕊体温正常，消化道出血也完全止住了，各方面的指标都在进步。"苏巧巧手里抓着一只烤翅，对坐在办公桌对面看着她的沈一帆说，"我的努力还是有用的，沈同学，你说对不对？"

沈一帆手里攥着一张湿纸巾，指了指自己的面颊："这里，擦一擦。"

苏巧巧反手抹了一下，把原先脸颊上的一点儿酱汁晕成了一大片，沈一帆猛地站起来，伸手用纸巾拭去那一抹酱汁。

"哇……"办公室里加班的几位住院医忍不住跟着起哄。

"好甜啊。"墙角电脑桌前的一位住院医说，当看到苏巧巧的目光，住院医拿起面前的饮料喝了一口，"我是说这饮料好甜。"

我们正笑着，办公室的门缓缓推开。张欣蕊母亲出现在门口："苏医生，我觉得张欣蕊有些不对劲儿。"

她的声音不大，但如同一声惊雷。我们所有人都"啊"的一声，跟着已经一溜烟跑出去的苏巧巧到了25床。

张欣蕊母亲说，两天前张欣蕊把晚上说成白天，她以为孩子睡糊涂了，没有太在意，可就在刚刚，张欣蕊说在病房里看到了鲨鱼。

她正说着，张欣蕊蜷在一旁，圆睁着眼睛，喊着：
"别游过来，别游过来！"

"咪达唑仑一支肌内注射！"护士迅速按苏巧巧的医
嘱抽取了一支镇静剂。注射过后，张欣蕊安静了不少，
苏巧巧顺势做了初步的神经系统查体，并没有太特殊的
发现，"像是高级神经智能的损害。"

"用上抗曲霉菌治疗后，最近有复查头颅CT吗？"
对于这位听苏巧巧反复讲了好久的病人，沈一帆也非常
熟悉，"如果没有，可以急查评估一下。"

复查的结果令人沮丧，那块颅脑的低密度灶范围扩
大了。

第二天，苏巧巧把治疗前后两张头颅CT片放在阅
片灯前，大家知道，西西弗那块推到山顶的巨石又一次
滚落下来了。

"我们重新来过。病人脑脓肿扩大，但CT提示脓
肿周围有包膜形成的迹象。我们请脑外科评估手术指
征。"霍敏医生的语气里察觉不出太多情绪，我突然意
识到，在她的行医生涯中，不知往山顶推过多少次这样
的石头了。

很快，神经外科的医生前来会诊，他考虑可以手术
清除病灶："由于血脑屏障的存在，颅内抗感染药物的

浓度可能不够，手术能把脓肿'一窝端'，但脑外科的手术可不是小手术，病人脓肿病灶的体积不小，手术之后可能遗留并发症。"

"医生，我懂。"几个月的时间里，张欣蕊母亲经历了太多，就在几天前，苏巧巧把西西弗的故事讲给她听，鼓励她陪着我们一起战胜这块顽固的巨石。

"一方面，术后要在 ICU 住一段时间，孩子的病情可能会出现变化；另一方面，ICU 的费用高，这些作为家属都要有思想准备。"

"我相信你们。"

一切按照计划进行。张欣蕊术后进了 ICU，神志还没有完全清醒。苏巧巧陪着张欣蕊母亲在 ICU 门口静静地待了一会儿。

"苏医生，您先回去忙吧。"片刻，张欣蕊母亲长长地呼出一口气，"这一回，我们又开始一起推石头了。"

"会好起来的。"

回到普通内科病房，苏巧巧看着病案系统中空出来的那一栏床位，又默默地在椅子上坐了一会儿，良久，她掏出手机，翻开相册，看到之前那张和张欣蕊的合影。

"嗨，欣蕊。"苏巧巧淡淡地说。

"在呢。"手机里的智能语音助手不合时宜地发出声音。

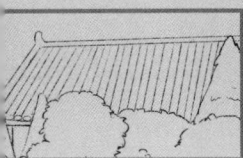

莫比乌斯裂

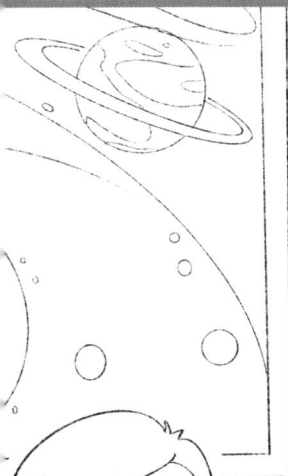

肿瘤病房 17

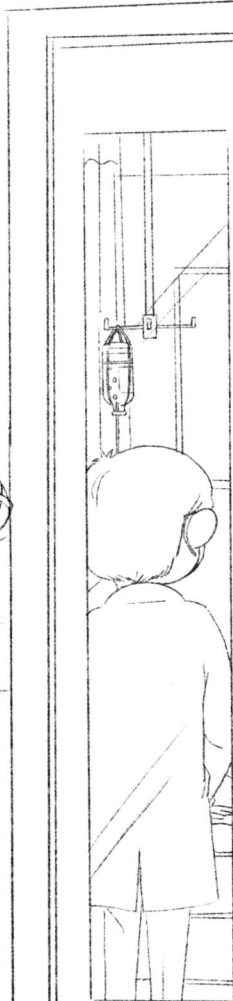

秋末的北京微冷。

我轮转到了肿瘤科。肿瘤科位于熙和医院的西院区，每天晨起，我都会在宿舍边的小吃店买几个包子，坐上早班车，吃着包子，有一搭没一搭地看着车窗外刚刚苏醒的城市、逐渐泛黄的树叶和熙熙攘攘的人群。早班车途经的故宫角楼古朴而华贵，和闹市区高大的现代建筑群相比反倒凸显出无与伦比的高雅气质和顶天立地的王者风范，无时无刻不在向人们诉说着这座城市的悠久历史。

吃完包子，翻几页书或听段广播，班车就到了西院区。

这天下班车时，我看到班车前跑过穿着短袖运动衫的吴军，他向我挥手打了个招呼。

"早啊，入秋了，你这么穿不冷吗？"我回应道。

"热乎着呢。我从东院跑过来的。"吴军停了下来，向前俯身拉了几下筋。

我对这位即将和我一起轮转的住院医充满了好奇："你每天早晨都这么跑过来吗？"

"嘿嘿，我喜欢跑步。"吴军摸了摸自己的后脑勺，他的气息很平稳，完全看不出是刚跑了五六公里的样子，"而且，我喜欢北京秋天清晨的阳光。"

轮转几天后，我慢慢对吴军有了更多了解。这位大个子的身体里似乎一下子塞了好几个有趣的灵魂。他平时大大咧咧，为人直爽，但在女生面前却分外腼腆，前一秒钟他还在口若悬河地讲话，下一秒听到护士喊他的名字，就一下子变得语无伦次了。进科第一天分配医学院实习生时，他二话不说就拉着其中唯一的男同学求道："你来跟着我吧。"

后来我才知道，吴军来自单亲家庭，母亲在他出生时难产去世了。他的父亲是内蒙古牧民，父亲葬下妻子后捧着还没有小臂长的小吴军，用羊奶慢慢地把他喂大。二十多年过去了，父亲始终没有再娶。

吴军爱跑步，也爱阅读。这一动一静的两个爱好源于他小时候跟随父亲的牧羊生活，放学后的牧场草原上，奔跑着吴军单纯而快乐的童年；傍晚的树荫下，呼吸着吴军在书海中的游弋。

吴军喜欢读科幻和历史题材的书籍，但高考时，父亲希望他学医。

"学医长本事，救人。"父亲说。

吴军很争气，考上了熙和医学院。动身前，父亲只买了一张去北京的火车票，站台上，父亲塞给他一叠多年的积蓄。

"好好学，救人。"这是站台上父亲嘱咐他的最后一句话，火车徐徐开动，吴军目送着车窗外父亲高大魁梧的身躯变得越来越小。

在熙和医学院，吴军踏踏实实地学习，他的成绩很好，课余时间，跑场之外，他沉浸在钟爱的科幻世界，把医学院图书馆里的科幻小说看了个遍，又办了一张市图书馆的借书卡。

"程君浩，你知道莫比乌斯带吗？"某天下午的医生办公室里，我们写完当天的病程记录，吴军突然对我说。

"知道啊，如果将一张纸条扭转180°后，将两端粘贴起来做成的纸环就是莫比乌斯环。普通纸带具有正面和反面之分，而莫比乌斯环形成的纸带只有一个面，一只小虫可以爬遍整个曲面而不必跨过它的边缘。这种神奇的单面纸带就是莫比乌斯带，象征着永恒。"

"对的。"吴军突然来了兴致，把椅子拉到一边，站起身来，"嘿，我给你讲一个莫比乌斯世界的故事吧。"

"好啊。"我打印出当天的病程记录，放进病历夹中。

"距离地球 254 万光年的仙女座大星云，是一个拥有巨大盘状结构的漩涡星系。在这个漩涡星系的某个角落，有着一个莫比乌斯世界。顾名思义，和普通的球状行星大有不同，这颗行星是一个莫比乌斯的环带形状。莫比乌斯星绕着她所在世界的'太阳'公转，而自己又沿着和公转面轴向倾向的角度自转，于是，莫比乌斯世界有着昼夜之分和冬夏之别。"

我对这个开头很感兴趣，挪了一下椅子，换了一个舒服的姿势接着听。

"据莫比乌斯世界的史书记载，很久以前，莫比乌斯星是一个孕育着生命的美丽行星。在自转的行星动力下，水沿着莫比乌斯星的曲面流动，浸润着整个星球，地势低的土地被水灌满，汇成星罗棋布的湖泊，地势高的土地突出水表，形成错落有致的群岛。行星公转到近日点时，夏季的莫比乌斯群岛百花齐放、万木争荣；行星公转到远日点时，结了冰的莫比乌斯湖泊把群岛连成一片白茫茫的世界。生活在莫比乌斯世界的人们发展出了极高的航海科技和冰川科技。"

"哇，越来越精彩了，我能想象，这是一颗极为迷人的星球。"

"莫比乌斯历 3256 年，一颗巨大的流星撞击到莫比乌斯星的环面，史称'大灾难'。惊天动地的爆炸和旷日持久的震动在莫比乌斯的环面上撕开了一个裂口。奔流涌动的湖水到达裂口时无法继续流动，不断蓄积的湖水淹没了莫比乌斯环面的一侧，后世称之为'临渊'；莫比乌斯世界的另一侧环面不断干涸，露出皲裂的土地，后世称之为'陆垫'。这颗原本宜人的星球不再适合生命，莫比乌斯人只能集中在临渊和陆垫接壤处生存。'大灾难'过后，莫比乌斯世界的人口骤减。"

"然后呢，然后呢？"我彻底被这个世界的构想给迷住了，看着吴军突然停顿下来，忍不住追问。

"然后呀，就没有了。我刚想到这里。"吴军又挠了挠自己的后脑勺，"后面我设想多年之后，莫比乌斯人第168次派出最勇敢的战士，深入临渊和陆垫的断裂处，尝试修补莫比乌斯环，让这颗行星重归此前的美好。但是，这些勇士也知道，此前167次派出的战士从来没有回来过……哎呀……我还没有想好后面的故事。"

"赶快想，想好了写出来，这会是一个很好的故事。"我意犹未尽，使劲儿拍了拍面前的桌子。

"之所以编这个故事，是出于我这几天在肿瘤科轮转的感悟。"吴军双手撑着桌沿，做了几下俯卧撑，"我在想，人们生活的每一天就像奔跑在莫比乌斯环上，周而复始，可以单纯而美好，肿瘤就像那颗撕开莫比乌斯环的流星，毁掉病人生命里原有的计划，癌细胞蚕食生命的莫比乌斯环，挤压健康细胞的生存空间。"

"所以，肿瘤科医生的使命就是派出最勇敢的战士，运用最适宜的策略，尽可能修补病人那个破裂的莫比乌斯环，对吗？"在肿瘤科轮转的头几天，我总觉得临床的分析和操作充满了条条框框，自己像工厂里的工人，只是不断地在流水线上拧动螺丝。听完吴军讲的故事，我突然意识到，拧动的这个动作虽小，但在病人的世界里，其意义不亚于奔赴临渊和陆堃深处修补裂隙的壮举。

重新坐回电脑前打开医嘱系统，我感觉每一条开出的医嘱都不再是机械的条目，而是承载了希望的跳动的祝福。我走进病房，看到输液架上的液体正缓慢地输注着，宛如医神的力量正通过阿斯克勒庇俄斯的蛇杖缓慢地进入病人体内，去引领，去搏杀，去尝试治疗。

翌日，我收治了一位 27 岁的年轻小伙子，他坐在轮椅上，一位年轻的女子在他身后推着他。到了护士站，小伙子轻声说："我又来麻烦你们了。"

"哟，阿修你来了啊，这该是第七程治疗了吧？"护士小李放下手中的电话，走到小伙子身后接过轮椅把手，抬头对轮椅后的女子说，"佳元，最近阿修怎么样？"

"嗯……挺好的。"那位叫佳元的女子应了一声，又看着护士小李轻轻摇了下头。

"阿修就是挺棒的。"护士轻轻推起轮椅，又指了一下我，"这是程君浩医生，是你这次住院的主管医生，有事你叫我们俩。"

我一同走进病房，到达床沿时，阿修双手撑住轮椅把手，使劲儿站了起来。他的个子很高，身材干瘦，双脚站立时有些颤，肚子膨起，衣角露出一截引流管。他"哟"的一声坐上床沿，把水肿的双脚挪到床面上。佳元熟练地把床头摇高，垫上靠枕，阿修晃了一下，倒在枕头上。

"医生，又要拜托你了。"阿修看了看我，他的双眼有明显的黄疸，做完这一套上床的动作，他显得愈发虚弱。佳元拿出包里的一叠CT片递给我："这是阿修这段时间的检查。"

查房时，我把阿修最新的CT片往阅片灯下一放，几团显而易见的肿块张牙舞爪地霸占了小半个肝脏，往上看几个层面，几团零散的结节侵蚀着肺部，往下看几个层面，腹腔里还有一处聚集成团的肿大淋巴结，腹腔积液灌了阿修大半个腹腔，里面孤零零地飘着一根引流管。

"肝癌，肺转移和腹部淋巴结转移，还继发了肝硬

化和腹腔积液，对吧？"我指着 CT 片，对肿瘤科主治
医生方旭说。

　　方旭医生盯着 CT，说道："阿修不容易啊，他半年
多前觉得肝区胀痛，一检查就发现了肝癌和肺转移，我
们采用了靶向免疫治疗，头三次的效果不错，肿块有所
缩小，但后面几次治疗，尽管更换了方案，治疗效果还
是不尽如人意，每次 CT 复查都会发现阿修肝脏的肿块
在增大。几天前我在门诊随诊的时候发现阿修的腹部鼓
得厉害，双下肢水肿也非常明显，超声检查发现阿修的
一段肝静脉长满了瘤栓。"

　　"巴德 - 基亚里综合征。"吴军补充道，"肝静脉开
口于下腔静脉，并延续到右心房，这段血管堵塞后会导
致门静脉和下腔静脉引流区高压，产生一系列和肝硬化
较相似的临床现象，如腹腔积液、下肢水肿、脾功能亢
进、腹壁静脉曲张，食管 - 胃底静脉曲张。"

　　"说得不错。其实这一次住院，重点是评估巴德 -
基亚里综合征的情况，再看看有没有介入灌注治疗的机
会。"方旭医生半握拳头，轻轻捶在 CT 片的肝脏部位，
"把治疗药集中打在这个位置，有可能使血管里的瘤栓
减少，从而缓解巴德 - 基亚里综合征的症状。"

　　"不得不说，这个难度非常大。"我心里暗暗捏了把
汗，"由于肝癌的存在和巴德 - 基亚里综合征导致的脾

功能亢进，病人的肝功能、凝血功能都不好，血小板还低，出血风险非常高。"

"方医生，我有个问题，阿修已经是非常晚期的肿瘤病人了，在如此大费周章的治疗中，我们如何权衡病人的潜在收益和治疗风险呢？"吴军问道。

"在来肿瘤科之前，我也曾经想过，对晚期肿瘤病人来说，积极治疗的必要性似乎已经不大了。但后来在肿瘤科工作久了，我开始逐渐理解医学的目的——让病人 Live longer, and live better——活得更久，活得更好。阿修的肿瘤治疗已经走到了尽头，我们都看得出来，他的确已经时日无多，但如果在剩下的日子里，他要在不断的腹腔积液引流和潜在的消化道出血风险中煎熬，那么他的生活将毫无质量可言；相反，如果新的治疗有希望帮助他缓解一些并发症，让他在有限的时日里能够过得稍微轻松一些，就依然值得我们去全力争取。"方医生在办公桌前坐下，一边翻看阿修的化验结果，一边对我们说。

"阿修的腹腔积液比较多，不适合经皮经肝的介入操作，我们要和介入科商量，评估经股动脉介入的方案。病人的血小板低，凝血功能差，我们试着补充血小板和凝血因子，看看能不能创造出尽可能适宜穿刺的术前条件。"方医生合上病历，"当然，这一切都需要和病人充分沟通，征得病人和家属的知情同意。"

　　我从护士那里得知，阿修和佳元是大学时期的恋
人，毕业后他们进了同一家科技公司。几年下来，两人
事业有所起色，感情也逐步升温，半年多以前，他们用
积蓄付了新房的首付，并准备领证结婚。但天意弄人，
就在这当口，阿修被检查出肝癌，他坚决拒绝和佳元领
结婚证，佳元也自作主张地卖了房子给阿修治病。两人
吵了一架，哭过一场后，佳元陪着阿修走过了一程又一
程的治疗。

　　我非常喜欢和他们俩交流，从中可以感受到他们对
医生充分的信任。方医生和我一起对他们讲述了介入灌
注治疗的风险和潜在获益之后，阿修和佳元互相看了一
眼，异口同声地说："做吧，我们听医生的。"

　　"我们一起闯过这么多关了，没什么好担心的，是
吧？"佳元伸出手指在阿修的鼻梁上捏了一下，阿修
轻轻把脸歪到一边，瘦削的脸颊衬得他的鼻梁格外
挺拔。

　　我们紧接着请了介入科会诊，一向艺高人胆大的刘
医生在最初看到 CT 和化验结果后稍微有点儿犹豫，但
他与阿修和佳元交谈后很快就干脆地答应了："我们试
试吧，万一能帮到病人呢？"

　　不知为什么，几场谈话下来，我突然想起吴军的那
个故事。方医生、刘医生、阿修和佳元他们几人，仿佛

是那个莫比乌斯星球上的勇士，在相互打气过后，各自向临渊和陆堃的深处前行……

当天下午，我们为阿修预约了 1 单位血小板和 400mL 血浆，缓慢输注完成后，阿修的血小板从原来的 40 万涨到了 62 万，凝血功能也较之前好转了不少。

"明天上午再约一次输血，介入手术可以排在明天下午，保险起见，手术后再安排一次输血。"介入科刘医生下班前到我们病房看了一眼化验单，对我们竖起了大拇指。

"阿修，明天又是比较重要的一天。我们说过的，关关难过关关过。做完手术你就会舒服很多啦。"佳元把阿修的手握在自己的手里，看着阿修的脸甜甜地笑。

"嗯，今晚好好休息，明天会是全新的一天。"离开病房时，我看着阿修和佳元亲密的样子，真诚地祝福他们。

这天晚上，我做了一个奇怪的梦。

莫比乌斯星球上，出征的勇士们兵分两路，一路勇士踏上行履车，朝着陆堃深处进发；另一路勇士乘上帆舶轮，扎进临渊的浩瀚洋流。在"大灾难"之后，原先遍布行星的通信系统被破坏殆尽，两路勇士在简单地告别和打气后，便开始在各自的征途中孤独地前进，他们约定了在莫比乌斯裂再相见。

行星上的科学家计算得出，在远日点日，当临渊的水流结成冰时，从临渊甩出的波涛会形成一道弧形冰峰，这个冰峰会十分接近陆堼的裂口边缘，这时候如果能在冰峰中嵌入行星特有的金属绳索——莫言毵，就有可能重新连接陆堼和临渊大地。然而，谁也没有真正见过这个理论上的冰峰，勇士并不知道此前出征的队伍究竟做到了哪一步。

行履车是太阳能驱动的，陆堼小队白天行进，夜间休憩。皲裂的陆堼大地上有着大大小小、深浅不一的沟壑，打消了他们夜间行驶的想法。一路上，他们看到此前抛锚的行履车、沟壑里的金属片、山峰脚下的累累白骨。临渊小队的帆舶轮日夜兼程地航进，他们希望在结冰前尽可能地接近莫比乌斯裂，在远日点前的第 36 个莫比乌斯日，水流冻结，帆舶轮停止了航行，临渊小队的勇士们集体下船，穿上行冰屐，在寒风中前行。

终于到了莫比乌斯星的远日点日，陆堼小队和临渊小队会师在莫比乌斯裂两端。科学家的预测是对的，裂口边缘的临渊大地果然甩出一道巨大的冰弧，边缘很接近陆堼大地的裂口。陆堼小队用行履车最后的动力发射了几道粗壮的莫言毵，扎入冰弧的一端。两支小队分别爬上冰弧的两头，拼命地往冰峰里种植莫言毵，他们要赶在冰峰融化前让莫言毵连成片。

莫比乌斯星开始无情地驰离远日点，据史书记载，从远日点日到冰川彻底融化的时间大约有 64 个莫比乌斯日，陆堃小队和临渊小队和时间赛跑着，他们在冰峰里种植的莫言縣越来越多，越来越密……接近了，接近了！在预计的冰川融化前 3 个莫比乌斯日，两个小队已经可以互相远眺对方，欢乐地呼喊着对方的名字。

然而，半日过后，勇士们感到扎进冰川中的莫言縣变得松软，又过了一阵，向冰川里扎根的莫言縣仿佛是被丢进了泥塘里——冰川融化的速度比想象得要快。

"天哪！我知道了。我们的星球被撞击出裂痕后，行星丢失了一部分质量，轨道会更靠近'太阳'，公转周期在缩短……"

融化的冰川开始冒出气泡，发出嗡鸣的声响，冰川上的勇士们，连同他们之前种植的莫言縣，和冰川融为一体，粉碎，消失……

"不要啊！"我听到一簇紧急的震动声，从睡眠中惊醒，突然发现床头的手机在响。

"阿修，消化道大出血！刚做完胃镜，食管 - 胃底静脉曲张出血，血红蛋白现在 56 克/升。失血性休克！"我看到一条吴军发给我的信息，一下子清醒了过来。

回拨电话，吴军告诉我，他正在和总住院医一起抢救阿修，暂时没有我什么事，说完就挂了电话。

我总觉得自己该做点儿什么，于是披上外套，叫了
辆出租车，一路飙到西院。

病房里传出监护仪滴答的声响，吴军和护士正在忙
前忙后地为阿修输血和快速补液，去甲肾上腺素不断地
泵入阿修的体内，但监护仪上的血压数值依然在不断下
降，阿修蜡黄的脸庞彻底失去了血色，单薄得像一张上
了年头的泛黄的纸。

"就在刚才，又一次消化道大出血。"吴军喘着粗
气说。

佳元在病房门口等候着，她把身体蜷成一团，坐在
椅子上，双手捂着脸，听到有人靠近的声音，她慢慢抬
起头，我看到她眼中的血丝和泪水。

"这一次，阿修是不是过不来了？"她小心翼翼
地说。

"我们还在抢救。"

"如果过不来了，阿修还有一个愿望，我想帮他实
现。"佳元用发颤的手从胸前的口袋中掏出一张折得很
整齐的纸。

我接过那张纸，双手也颤动起来，那是一份还带着

体温的遗体和器官捐赠协议书。阿修希望死后将遗体捐献给医学院供教学使用，希望把角膜捐献给需要的人。

"阿修说……"佳元突然哽咽起来，"他的身上都是癌细胞，很多器官别人也用不了，但角膜是不会有癌细胞转移的……他说，还好角膜能捐……"

说完，佳元似乎觉得有些喘不上气，从椅子上站了起来，舒了一口气，又一下子蹲在地上，把头埋进膝盖，大声地哭了出来。

凌晨五点三十六分，阿修的心脏停止了跳动。赶来的眼科医生，连同我们病房的医护一起，深深地向阿修的遗体鞠了个躬，护送着他的遗体前往手术室。

在那里，阿修的角膜将离开他的身体，在不久后，他的角膜将代替他继续看这个美好的世界。

秋天的朝阳开始露出她的笑脸，看着远处那一晕恬静的金黄，恍惚之间，我突然觉得阿修折叠了生与死的两面纸带，在这道莫比乌斯环上，他的生命穿越死亡，重新降生。

我走出病房，沐浴在跨进冬季的秋阳里，这初升的太阳散着温柔的气息，不温不火地洒在路边房屋的墙壁上，晃动着斑驳陆离的光。

九又四分之三站台

入冬，北京下了第一场雪。

我正在免疫科办公室里听查房，不经意间望见窗外的雪花纷沓而至，在轻柔的风中打着旋儿，闪着亮光，突然"啊"的一声叫了出来。

"哈哈，又一个没见过下雪的南方人。"免疫科的主治医生江夕涛笑出声，"查完房让你痛痛快快地去看一会儿雪。"

"好嘞。"我和米梦妮异口同声。

"程君浩来自福州，你是浙江人，也没有见过雪吗？"

"没见过这么大的雪。"米梦妮看着窗外，眼睛里闪着光。

"那你们快点儿干活，一会儿去看个够。"

查房结束后，我和米梦妮迫不及待地奔下楼。顷刻，大片的雪花在空中飞舞得更加起劲儿了，才一会儿工夫，老楼门前的空地已经覆盖了厚厚的一层雪。熙和医院的建筑楼以绿色为基调，在雪的映衬下，显得愈发郁郁葱葱。冬日的阳光散落在地上，积雪像碎钻般闪烁着晶莹的光。大雪中的世界一下子安静了下来。我小心翼翼地夹着腿走上雪地，积雪"咯吱"作响，这声音随即消散在虚空里，整个世界仿佛就剩下我自己一人。

米梦妮同样兴奋着。她捧起地上的积雪小心端详，又凑到鼻子前闻着，一阵风吹来，雪花落在她的嘴角，她不好意思地伸出舌头舔了舔。

"有点儿清甜。"她拿出手机递给我，"你帮我拍张照吧。"

镜头中的米梦妮文静端庄地站在雪地里，一条红围巾衬得她的皮肤更加白皙，她微微一笑，露出一对甜甜的酒窝，盛满了江南水乡的秀美。

米梦妮文静又认真的性格经常被人称赞说"适合干内科"。正式成为住院医后，她穿着整洁笔挺的白大衣，把自己的披肩发一丝不苟地盘成发髻，每天一大早便来到病房里询问病人昨天夜间的情况，查阅新出的化验结果。她白大衣的口袋里总是放着一个笔记本，纸面分成两栏，左侧列出自己当天的工作计划，右侧记录查房时主治医生的想法。忙完日常的医疗工作后，她总会和自己的病人在床旁聊上好一会儿，她的病人都很喜欢自己的主管医生，往往住院才一两天，对她的称呼就会从"米医生"变成"梦妮"或"妮妮"。即便不值夜班，米梦妮也会在病房里待到很晚才走，她会静静地坐在夜晚的办公室里，梳理一遍白天的工作，复盘自己和主治医生的诊治思路。

有趣的是，米梦妮说自己还有一个双胞胎姐姐，相貌和自己像极了，但性格却迥然，姐姐从小就外向、爱表演，如今在中央戏剧学院学编导。

"咦，家里有这么一对一动一静的姐妹花，倒也有趣得紧吧？"

"哪里啊，我们从小喜欢的东西就不一样，玩具、衣服、书籍，各种东西都要买不一样的，再大一点儿，姐姐学钢琴和舞蹈，我学围棋和书法，从小到大可没少花父母的钱呢。"米梦妮在打印的出院病历上签字，钢笔在纸面上拉出漂亮的笔锋。

米梦妮办理完今天的出院，又要收两个新病人，碰巧也是一对双胞胎姐妹。她们姓谢，姐姐叫伊然，妹妹叫伊颜。姐妹俩得了免疫科非常常见的疾病——系统性红斑狼疮。

"每一个狼疮病人，都是一部'内科学教科书'。"江夕涛主治医生对米梦妮交代道，"你今天有'两本书'要看，可要好好掌握病史和查体。"

系统性红斑狼疮被称为"少女杀手"，顾名思义，这种疾病常见于年轻女性，并且可能很严重。几十年前，狼疮这种疾病在一定程度上等同于绝症，随着医学的进步和治疗药物的研发，现如今已经变成一种可以控制的慢性病。系统性红斑狼疮绝不仅是脸上长几片红斑那么简单，之所以把它称为"内科学教科书"，是因为这条"恶狼"的魔爪可以从皮肤、毛发伸到身体里几乎每一个角落，每一个病人的症状表现都各有不同，治疗没有标准答案，每一步都考验着医生的经验和医学的造诣。

在护士台办理住院时，我和米梦妮一起见过这对姐妹。姐妹俩的眼睛睁得大大的，脱下口罩时，可以见到粉红的双颊上长着些许红斑，她们体态略丰盈，看起来应该是服用激素的副作用。伊然和伊颜把身份证递给护士，证件照上的她们长着标准的鹅蛋脸，出落得楚楚动人。

"照片好漂亮哦。"在一旁的米梦妮不禁赞叹了一句，"嗨，你们好，我是你们的主管医生。"

姐妹俩腼腆地笑了笑，伊然指着伊颜说："我妹妹上大学时是班花呢。"

"你们现在还是很可爱啊。我们共同努力，把疾病赶跑。"米梦妮顺手拎起伊颜的行李包，把姐妹俩领进了病房。

采集完病史，米梦妮回到办公室后微微皱起眉头："姐妹俩的病情不简单啊。"

当狼疮累及身体的重要脏器，并且影响到脏器功能时，就是严重状态了。同样是狼疮，姐妹俩的受累脏器并不相同。姐姐受累的主要是肾脏，大量的蛋白从尿中丢失，她的腿部肿得厉害，体格检查时米梦妮在伊然的踝部按出了深深的大坑。妹妹伊颜的问题就更严重了——肺动脉高压。

肺动脉只是人体内庞大的脉管系统中的小小一段，但却桥接着心脏和肺脏两个重要器官，当肺动脉压力增高时，右心室向肺部射出的血流受阻，肺得不到足够的血液供应，病人会出现憋气、心悸等症状；相应地，由于肺动脉压力增加，病人的右心室负荷也会逐步加重，最终发生右心衰竭。

谢伊颜大约是在一年半以前确诊的。不多久，相处了三年且已经开始谈婚论嫁的男友和她取消了婚约。她找了比她更早确诊的姐姐痛哭了一场，两个人互相打气说要战胜疾病。

伊颜是个好强的职场女性，她大学毕业后去了一家金融公司，和男友分手后，更是全身心投入工作中。她一边服药控制病情，一边继续着职场女性快节奏的生活，去年年底，她被评为优秀员工，还升职加薪，管理了更大的团队。

在随之而来的更加繁忙的职场生涯中，伊颜时不时就要没日没夜地加几天班，一忙起来她就会忘记服药。

大约半年前，伊颜偶尔会产生乏力和气短的感觉，又过了一阵子，她时不时地感到心悸。两周前，伊颜觉得工作有些累了，就申请了一周的假期，但就在她买好机票，把办公室的物品打包装进行李箱，站起身准备离开办公室时，突然眼前一黑，晕厥过去。

伊然闻讯后把妹妹送到了附近医院的急诊，看妹妹情况稳定下来，轻声数落了她几句，又独自一人照顾了伊颜好几个晚上。几天后的清晨，伊然觉得自己尿中泡沫增多，双脚穿不进原来的鞋子，一检查竟发现狼疮肾炎加重了。

两天前，姐妹俩来到熙和医院免疫科门诊看病，被医生一起开具了住院条。

这一连串的故事都是米梦妮告诉我们的。米梦妮总是这样，问诊收治病人的时候，她会在另一个小本子上作记录，字里行间并不是死板的病情描述，而是一个个独特而又鲜活的人的故事。

第二天早查房，米梦妮认真汇报了病历，还整理出姐妹俩起病以来的各种检查，江夕涛主治医生赞许地点了点头。最后，他的目光若有所思地定格在阅片灯上伊颜的一张胸部 CT 片上，在片子的某几个层面，膨粗的肺动脉像一只瞪圆的眼睛。

"好粗的肺动脉！病人的右心室也呈扩张状态。"当我凑近阅片灯时，忍不住叫了出来。

"按照病情的发生发展，狼疮导致的肺动脉高压有早晚之分。在病人还没有明显临床症状的时候，如果早期诊断，肺血管病变还处于可逆时期，此时针对狼疮的治疗有可能阻止甚至逆转肺动脉高压。如果错过早期诊断，当病人出现乏力、心悸或活动后气短等症状时，就进入了肺动脉高压的临床期，此时如果及时启动综合治疗手段，或许还犹未晚矣，能够延缓疾病进展。但如果病情迁延不治，肺动脉高压会进入不可逆转的时期，纵然目前已经有不少药物取得了新进展，但仍可能面临无可奈何的局面。"江夕涛主治医生说完轻轻地叹了一口气，"从CT上看，伊颜的肺动脉已经扩张得非常严重了，至少不是早期状态。米梦妮，你能告诉我伊颜最近一次肺动脉压的测定结果是多少吗？"

"超声测定的肺动脉收缩压是64mmHg，的确很严重。"米梦妮对病人的检查结果一向如数家珍，"但我有些不甘心，伊颜好年轻啊，我希望通过右心导管检查证实她肺动脉的确切压力，并且希望通过急性血管反应试验看看肺动脉高压有没有可逆性。"

"进行右心导管检查正是我这回把伊颜收住院的重要目的。你说得没错，说明你昨晚真的有好好去阅读'狼疮'这本教科书了。"江医生满意地托了托下颌，扭头又盯着那张CT片看了一会儿，"不过，如此扩张的肺动脉，还有这个变形的右心室，我有些担心急性血管反应试验会是阴性结果，换句话说，伊颜的病情可能是不可逆的。"

"即便如此，我依然希望能有奇迹。"

右心导管检查是通过颈静脉置入一根导管，导管的前端探入右心，能感知肺动脉的压力变化，由于是直接测量，这项检查被视为判断肺动脉高压的"金标准"。这个过程可以同时进行急性血管反应试验，也就是让病人吸入一种叫依诺前列素的药物，如果肺动脉压力明显下降，那么判断肺血管病变可逆，病人可以从更多的治疗药物中获益。

在医学上，阳性或阴性结果会让医生感到踏实，模棱两可的结果才真的折磨人。伊颜的右心导管检查验证了她患有严重的肺动脉高压，在吸入依诺前列素后，肺动脉压力的确是下降了一些，但又没有达到判定病变可逆的标准。

江医生和米梦妮一起看着伊颜做完全套检查。当检查完成，右心导管从伊颜的颈静脉拔出时，伊颜睁开眼，察觉到两位医生脸上略带失望的神情，反而长出了一口气："两位医生，其实我有预感，是不是检查结果不太好？"

"倒也不完全是，只是没有预想得好。"米梦妮俯下身，对着还躺在检查床上的伊颜小声说。在一旁的江医生接着补充说："这个检查结果只是意味着部分药物的治疗效果可能不理想，但我们手头上的武器还有很多，除了治疗原发病狼疮之外，针对肺动脉高压的靶向药物也层出不穷。"

"我可以加入你们，和你们一起学习如何对付我身上的疾病吗？"伊颜轻松地笑了笑，她的脸上也有两个小酒窝，"我英文挺好的，平时能看一些文献，也愿意多了解一些自己的疾病，真不好意思，感觉现在自己有点儿亡羊补牢的样子。"

"当然可以啊，欢迎加入，我们一起并肩作战。"江医生和蔼地笑着，"其实啊，我特别欣赏这样的医患关系，我们共同的敌人是疾病，你的加入实际上大大增强了我们的实力。米梦妮，你要和你的战友好好合作。"

"医学的知识对于大众来说有些还是挺抽象的，我会试着和你解释肺动脉高压和狼疮的一些内容，好让你这个战友更好地加入战斗。"米梦妮莞尔。

伊颜穿刺的创口已经贴上了敷料，她坐起身来："其实，我知道医学的世界真的很难懂，医生就是这个世界里的'魔法师'，而普通人就是'麻瓜'，医学里那些难懂的术语和药物就像一个个神奇的'咒语'，'麻瓜'的确很难完全理解'魔法师'的世界。但是现在，这个世界里的一小部分知识对我来说太重要了，作为'麻瓜'的我也不得不挤上国王十字车站的九又四分之三站台，哈哈……"

"呀，原来你也是《哈利·波特》迷呀！"米梦妮拉起伊颜的手，扶她慢慢下床，伊颜最近的状态确实不太好，她走路稍微快一点儿就会面色发青，"欢迎来到我们的'魔法学校'，接下来，我来和你解释那几个拗口的治疗肺动脉高压的'咒语'。"

尽管是金融公司的小主管，但姐妹俩常年看病，而且她的事业才刚起步，所以伊颜的经济情况并不是太好。不少针对肺动脉高压的靶向药物价格昂贵，在接下来的两周多时间，米梦妮一门心思地查找文献，希望能帮伊颜量身定制便宜又有效的治疗方案。伊颜也全身心投入对狼疮和肺动脉高压的了解中，她总是谦虚地听从米梦妮的建议，然后自己去学习、理解治疗药物的机制，和病房医生汇报自己服用药物后的感受，整个参与过程绝没有任何刚愎。病房主治江医生正是研究这种疾病的专家，经过数次的专业组查房，伊颜经历了大剂量激素冲击治疗和免疫抑制剂调整，又尝试应用了适合自己的肺动脉高压治疗药物，半个月下来，自我感觉身体状态好了不少。

姐姐伊然在这段时间里病情同样大为改善，她的水肿逐渐消退，和住院前相比，尿蛋白的水平还不到之前的一半。

这天查房，江医生对姐妹俩说明天就可以出院了，姐妹俩立刻开心地笑出声。

晚上刚好是米梦妮值班，她坐在电脑前办理姐妹俩翌日的出院小结。我查看完自己的病人，结束了一天的工作，回到办公室，正准备和米梦妮交代几句病人的事情就回家。

"嘿，梦妮，我和你说一下我 41 床病人的事情"，米梦妮正斜靠在电脑前的椅子上，听到我的声音，她站起身来，双腿前后交叉着，一手拿着笔，另一手插在白大衣的口袋里，白大衣的扣子潇洒地敞开着。

"说吧，有我今晚值班，你只管放心。"米梦妮对我眨巴了几下眼睛。

我察觉到一丝异样，但没太迟疑，继续说了下去："那个老奶奶今天的尿有点儿少，我给了一片呋塞米，晚上 9 点时帮我重新计一下出入量。"

"出入量……"眼前的米梦妮眯了一下眼睛，转动了几下手头的笔，"哦，出入量，好的，你还有什么要交代的？"

我正准备继续说点儿什么，门口走进另一个一模一样的米梦妮，她不好意思地快走几步到"米梦妮"跟前说："梦安，快别闹，我就出去上个洗手间，哎呀，看你把我的白大衣穿成什么样子了。"

我这才彻底明白过来，刚才和我说话的"米梦妮"原来是她的双胞胎姐姐米梦安，米梦安脱掉白大衣还给妹妹，扑哧一声笑出两个酒窝。

"你们姐妹俩长得好像。"

"来，自我介绍一下，我叫米梦安。梦妮的姐姐，在中央戏剧学院编导专业学习。"米梦安一边说着，一边伸手把发髻散开，秀发垂落在肩，头发的末梢挑染成淡红色，她指了指头发，"嘿，梦妮同事，你现在是不是把我俩分清楚了呢？你刚才说的'出入量'是什么，我没懂，现在你可以对我妹再正式说一遍了。"

"姐姐，叫他程医生。"米梦妮穿上白大衣，一丝不苟地扣上扣子。

"程医生好。"米梦安伸手对我比了个心，又扭头对妹妹说，"你这也太拘谨了，我看医疗剧里医生的白大衣敞开穿很酷啊。"

"现实和电视剧不一样嘛。"米梦妮轻轻跺了一下脚，"哎哟，姐姐，你送过来的票我也收到了，我周末一定去看你的剧。我今晚值班，要不你还是先回家吧。"

"好呀你，又这样赶姐姐走。照顾好自己，周末记得来，给你的两张票你可以送程医生一张，和他一起来。"

正说着，门口传来一阵急促的脚步，随即是护士的声音："米医生快来，谢伊颜昏倒在地上了！"

米梦妮和我迅速来到伊颜的病房，蹿出医生办公室时，米梦安还愣在原地。

伊颜倒在病床边，身边散落着一个行李箱。伊然告诉我们，她妹妹刚才在整理明天出院的行李，一使劲儿抬箱子，就倒在了地上。我、米梦妮和赶来的两名护士一起把伊颜抬到了病床上，只见她面色青紫，呼吸微弱到近乎消失，我伸手触摸她的颈动脉，没有明确的搏动。

"立刻进行心肺复苏！"我和米梦妮对视一眼，"一个护士建立静脉通路，另一个护士赶快呼叫内科总住院！快！"

这是我和米梦妮第一次真正进行心肺复苏。一开始，我总感到按压有些力不从心，而在床头操作简易呼吸器的米梦妮也显得有些紧张。好在五分钟不到，内科总住院就赶了过来，开始有条不紊地组织抢救：胸外按压、起搏器、肾上腺素、气管插管、再来一支肾上腺素……时间一分一秒地逝去，死神带着伊颜的心跳和体温，头也不回地走了，我能感到按压的双手下逐渐冰冷的身体，数十分钟过后，心电监护仪上还是一条绝望的直线。

和我交替进行胸外按压的米梦妮双手按出了红白相间的印痕，她额头上的汗水滴答滴答地往下流。

内科总住院宣布伊颜临床死亡后，我们扶着已经泣不成声的伊然走向医生办公室，米梦安站在门前，看到妹妹疲惫而又沮丧的样子，轻轻地抱了一下妹妹："我在门口等你。"

内科总住院、伊然和我围着办公室里的长桌坐下，米梦妮站在伊然身后，轻轻地揉着她的肩膀，内科总住院和我等了一小会儿，谁也没有打破这份安静。

伊然缓缓地停止了哭泣，她反手握住米梦妮的手："米医生，这些日子你对我们的照顾我们都记在心里，刚才你们努力抢救伊颜的过程我也看到了……妹妹走了，我还是想告诉你，伊颜一直说你是她见过的最好的医生。"

我们又轮流安慰了伊然一番，内科总住院带着伊然返回她的病房。办公室里留下我和米梦妮，一直等在门口的米梦安走了进来，她没说什么，只是静静地陪着妹妹。

"姐，我没事。"米梦妮抬起头，"我这会儿还要办伊颜的死亡证明。"

她重新走到电脑前坐下，在死亡证明书上敲入伊颜的身份信息和死亡原因，敲着敲着，她突然停住了，声音哽咽："姐姐，我敲身份证的时候发现，明天是伊颜的生日啊，她明天生日啊……"

一时间，分不清是汗水还是泪水，沿着米梦妮的面颊往下流："程君浩，你说，假如我刚才胸外按压的时候再使把劲儿，假如我再早一点儿除颤，假如我再多用几支肾上腺素，伊颜会不会还活着啊？"

我挪到米梦妮身边坐下。米梦安站在妹妹身边，轻轻抚摸几下她的脑袋，慢慢把她抱进自己的怀里。

我只记得那天晚上，我重复地对着米梦妮说了好些话，但其实没多久，米梦妮就恢复成平时的样子，她就着水龙头洗了把脸，然后一头扎进病房的各个房间巡视，继续值夜班。

我和米梦安走出病房，下雪的天气有些冷，积雪被堆到人行道的两旁，寒冷的夜里，空气似乎也变得很稀薄，遥远的夜空里孤独地挂着一轮圆圆的月亮。我送米梦安到附近的地铁站，临走，她耸了耸肩："真实的医生生活真的很不一样。你今晚也很辛苦，我请你喝杯奶茶？"

　　"好的。"地铁站边有一家奶茶店，从窗户中透出鹅黄色的灯光，在飘雪的夜晚显得格外温暖，我们在小店门口跺了跺鞋子上的积雪。

　　第二天一早，我到病房时，医生办公室里一个人都没有，米梦妮应该是一早又去查看病人了。办公室被收拾得整整齐齐，是米梦妮一如既往的值班风格，米梦妮的电脑前放着她的小本子，我上前一瞥，看到她在最新一页上写了一首诗，我小声地读了出来：

　　"肾上腺素从注射器涌回安瓿

　　监护仪上的直线舞动起来，聚成心的音符

　　太阳从西方升起，落向东方

　　气囊松开

　　插管从喉口拔出

　　我抹去病危通知书，忘掉十次查房和半月文献

　　护士台传来娇怯的报到声

　　你盯着我的名牌看了好久

　　我微笑着说：

　　'嗨，我是你的主管医生'"

元宵夜的病房

春节，街面上年味儿正浓，病房里白衣依旧。

在实习以前，年味儿是一朵盛开的烟火，短暂而热情，它是热闹的餐桌，喧闹的庙会，熙攘的人群，它是凝聚在舌尖的童年味道，带着飘香的回忆沁人心脾。

在实习之后，年味儿就变了样，短暂的春节相聚变成了遥相祝福。我们在异乡和家人共赏月圆月缺，在电话的陪伴中嘱咐父母慢点儿变老。

春节前夕，吴军、苏巧巧、沈一帆、米梦妮和我，我们五个第一年的住院医齐聚在熙和医院的国际医疗部。

近些年，国内外的交流越来越频繁，来华就医的病人群体也逐步增多，熙和医院的国际医疗部致力于服务国际友人的医疗需求，它分成急诊和住院部，本质上就是一个全科病房。在完成了部分科室的轮转后，不少第一年的住院医就会在这里轮转，培养服务意识，锻炼国际交流能力。

就在这个春节，苏巧巧和沈一帆拥有了各自的烦恼，他们的烦恼共同源于吴军接诊的 12 床病人。病人叫 Alec Owen，是一位 57 岁的美籍华人，常年往返中美两国经商。正月初十，他和国内客户签完一单大生意后举行庆功宴，几杯白酒下肚后觉得心脏不舒服，当天晚上就被自己的女儿 Sophia 送到了熙和医院的国际医疗部急诊。

吴军是当晚的值班医生，病人一来，他就麻利地拉了一份心电图，看到心电图导联上冒出的几串高耸的ST段波形，他当即诊断Alec是发生了急性心肌梗死，简短几句话就向Alec和Sophia清清楚楚地交代了病情，紧接着几通电话联系开通了绿色抢救通道，病人到院后短短二十几分钟就被送上了介入导管室的手术台。

造影。前降支的血管像一根截断的树枝。

置入支架。

再次造影。枝干像从熟睡中醒来一般舒服地伸了个懒腰，舒展，延伸，开放。

血管再通。

两个小时后，Alec先生已经安静地躺在病床上，他初到急诊时的痛苦已不复存在，正精神奕奕地看着床旁注射泵的液体一滴一滴输入自己的身体。女儿Sophia此前的魂不守舍也荡然无存，她穿着白色圆领毛衣，趴在床头端详着父亲，温柔地微笑着，安静的像午后阳光下的猫咪。

吴军敲了敲门，和当晚值班的苏巧巧一起走进房间探视术后的Alec先生，他们看完监护，听诊一番，和

Alec 寒暄几句，发现一切正常，准备离开。

"吴医生，你刚才真的好帅啊。"Sophia 双手托着下颌，自吴军走进病房后眼神就没离开过他，"你这么高大，这么强壮，做起事情来还这么细心，你比美国电影里的医生还要厉害！"

"谢谢。"一向见到女生就害羞的吴军退到门边，不小心身体"当"的一声撞在门把手上。

"吴医生，我还有事情要问你。"Sophia 嫣然笑着，她站起身，穿着浅色高跟鞋，姿态曼妙地走到吴军跟前，举起手中的掌上电脑，"爸爸得的是冠心病，我刚才在网上查了一下，学习了医学上'冠状位'和'矢状位'的概念，但是我看了一下冠状动脉的图片，瞧，这个三维解剖图，它好像并不是一条冠状位的血管，为什么会叫这个名字呢？"

"这个问题有意思。"吴军伸手转动着掌上电脑上的图片，"如果你把心脏上下颠倒一下，再看冠状动脉的形状，是不是很像一朵花的花冠呢？这就是'冠状动脉'名称的由来。"

"哇，真的是这样哦。"Sophia 往吴军身边靠了靠，眨巴着眼睛看着吴军，吴军的脸一下红了，"你真的好厉害啊，你说，这是不是就是医学的浪漫呢？"

站在一旁的苏巧巧轻轻跺了一下脚："Sophia，我们先不多说了，我和吴医生要到下一间病房看病人啦。"

吴军拉起门把手往外走，Sophia探出半个脑袋："吴医生，我的中文名叫欧晓雅，我们明天再见啦。"

第二天查房，我们几个住院医跟随着主治医生范嘉苏走进Alec的病房，他对昨晚的治疗赞不绝口。欧晓雅本来就生得高挑漂亮，今天她特意化了个淡妆，看到吴军进门，就有意无意地看着他，浓密纤长的睫毛微微颤动，面带桃花，我们查房的队伍走到病床旁时，她礼貌地站起来，身上的小黑裙将修长的双腿衬托得更加白皙。

Alec的面色比昨天好多了，一口气回答了范嘉苏医生的几个问题，在查房的间隙，他半开玩笑地拉起欧晓雅的手，又指了吴军一下："小伙子，你有女朋友吗？我的宝贝女儿说你又精神又干练，我看也的确如此啊。"

欧晓雅看着吴军，清澈的眼底泛起一阵波澜，她把自己的手抽出来："爸爸，这里是中国，而且医生们还在查房，你怎么讲得这么直白。"

吴军慌乱地摆着双手，眼神匆匆扫过Alec和欧晓雅："我没有女朋友，没有。唉，不是，我不是这个意思——"

苏巧巧杏眼微瞪，不着痕迹地看了几眼吴军。自从转到一个科室后，沈一帆也察觉到苏巧巧对吴军的好感，他搓了搓双手，抬了抬镜框，默默地看向苏巧巧。

在日常的病房工作中，范嘉苏主治医生对于这三个人的关系已经看出一些端倪，此时她浅浅一笑，打了个圆场，继续在病床旁讨论临床问题。查房结束，范嘉苏医生率先走出病房，在关上门的一刻，她对着我们的队伍扑哧一下笑出声："年轻人啊，看到你们，我一下子就想起了自己年轻的时候。"

苏巧巧单手插在白大衣的口袋里，微微低着头，右脚尖在地上轻轻地左右划了两下，沈一帆抬眼看了一下苏巧巧，又瞄了一眼吴军。

吴军退出病房后，刚才的慌乱逐渐消散，他轻轻叹了口气，不明所以地挠了挠头："范医生，你现在看起来还是很年轻啊——"

"傻孩子，我当然没有那么老。"范嘉苏医生今年33岁，去年刚生了一个孩子，在那之后，总喜欢用"孩子"称呼组里的年轻住院医们。

转完一圈病人，回到办公室没多久，欧晓雅轻轻推开门，侧着脑袋，长发从耳廓后垂落，乌黑的头发衬着白皙的脸颊，她挤了挤眼睛，甜甜地笑着："吴医生，我还有点儿事情请教你。"

　　吴军出门，和欧晓雅在会谈室里聊了小半个小时后红着脸回到办公室。

　　下午，欧晓雅又来找吴军谈话，第二天、第三天，欧晓雅依然如此。

　　"嘿，吴医生，我刚才路过时听到你们聊得挺嗨啊，怎么你们还聊到什么月经不调了？"看到吴军走进办公室，苏巧巧噘着小嘴哼了一声。

　　"嗯，她说自己经常乘坐国际航班在中美之间往返，时不时就要倒个时差，这一两年有些月经不调。"吴军的脸涨得通红，转身背对着苏巧巧在洗手池边擦手，"她这几个月一直吃着短效避孕药来调整月经周期。"

　　办公室里，在电脑前工作的沈一帆停下打字，探出脑袋偷偷瞄了两眼苏巧巧，又把头埋在电脑屏幕后面，而我和米梦妮则相视莞尔。

　　正月节日的喜庆还是弥漫到了静雅朴素的医生办公室，这天是正月十五元宵节，医生办公室的门窗上红色的对联和窗花透着一股冬日里的暖意。下午五点半，我们正讨论着晚上在病房聚个餐好好吃一顿的时候，欧晓雅再一次走进办公室找吴军。

　　"吴医生，我觉得胸口有些闷，你能帮我查个心电图吗？"欧晓雅一手扶着办公室的门框，此前清澈如湖面的眼神中却飘着一丝慌乱。

"好的，我带你到检查室。"吴军站起身，把白大衣的袖口往上撸了撸。

"不行，我来帮你做心电图。"苏巧巧跳了起来，把身后的椅子拽到一边，走到吴军身边偷偷白了一眼，小声嘟囔："给年轻漂亮的女性做心电图，你这么积极啊？"

吴军脸一红，愣愣地杵在门前，看着苏巧巧领着欧晓雅离开的身影，犹豫了一下，又跟了上去。

吴军站在检查室的拉帘外边，不一会儿，苏巧巧就帮欧晓雅拉了一张心电图，她拉开帘子，把心电图捧在手里，对着吴军撇撇嘴："你看，欧小姐的心电图除了窦性心动过速，看上去没什么大问题。"

吴军凑在苏巧巧身边，盯着心电图，先是点了点头，突然他指着心电图的几个导联："怎么有不完全右束支传导阻滞？"

苏巧巧晶亮的眸子盯着心电图，长长的睫毛一动不动，少顷，她和吴军同时转身看着欧晓雅："你以前心电图有什么问题吗？"

欧晓雅整理好上衣的扣子，往下扯了扯衣角："我在美国体检时曾经做过心电图，但没听医生说我有什么问题。吴医生，我心电图的问题很严重吗？"

"不完全右束支传导阻滞在一部分健康人身上也会出现，而且年轻人更多见，不过，我们还是要首先排除一些心脏本身的问题。"苏巧巧本来就是充满爱心的人，发觉欧晓雅刚才并不是在开玩笑，语气柔和了许多，"欧小姐，你的胸闷是什么时候出现的？"

"有半天时间了。刚才感觉又严重了一些。"一边听着欧晓雅的讲述，苏巧巧一边拿着指氧仪套住欧晓雅的手指，吴军也把血压计的袖套搭在了欧晓雅的另一侧手臂。

"指氧 92%""血压 96/62mmHg"苏巧巧和吴军对视一眼，苏巧巧扭开墙壁上的氧气开关，吴军默契地将吸氧管塞入欧晓雅的鼻孔——这种程度的血氧饱和度不该出现在健康年轻人的身上。

苏巧巧取下挂在脖子上的听诊器，在欧晓雅的胸前一寸一寸地移动着。吴军突然想起了什么，拍了一下自己的脑门，卷起欧晓雅的裤腿，仔细观察。

"欧小姐，你右侧小腿比左侧略粗，你之前有注意到吗？"吴军拿出卷尺，在欧晓雅膝盖下缘10cm左右绕了一圈，"左小腿周径 31cm，右小腿周径 34.2cm。"

欧晓雅露出疑惑的神情，轻轻地点了点头："我觉得前几天自己的腿好像肿了一些，但我以前月经期时也出现过腿肿的情况，加上这几天有些累，没有太在意。"

苏巧巧和吴军互相看了两三秒，异口同声地说："DVT! 肺栓塞!"

DVT 是下肢深静脉血栓的英文缩写，顾名思义，就是静脉血液在下肢深静脉血管内凝结。静脉血流滞缓和血液高凝状态是导致 DVT 的两个主要原因。血栓形成后，很可能不会老老实实地待在下肢血管里，如果脱落，就会沿着血液流动的方向最终进入肺血管，形成名副其实的内科急重症——肺动脉栓塞。肺动脉是全身血液集中流经的地方，千军万马等着通过，如果栓塞的是大血管，病人会有急剧的胸痛、胸闷、憋气，严重时甚至发生猝死。

"你刚才的判断真是够厉害啊。"苏巧巧的眼神宛如羽毛般温柔地扫了两眼吴军，又坚定地看着刚才的那张心电图，"肺栓塞可以解释右束支传导阻滞，如果肺栓塞导致急性右心室扩张，心内膜供血异常可能导致右束支改变。"

"这也提醒我们，现在面对的肺栓塞可能是比较严重的，栓塞的甚至可能是肺动脉主干。"吴军和苏巧巧匆匆对视一眼，"明确病情、尽快治疗!"

　　没有商量，也无须计划，十分默契地，吴军留下来和欧晓雅解释病情，并电话预约了肺动脉 CT 血管造影，苏巧巧叫了护士建立静脉通路，设置好心电监护设备，又喊上办公室里的沈一帆和我带上急救包，一起前往 CT 室。

　　半小时不到，欧晓雅返回病房，Alec 先生坐在病房门口的等待区，范嘉苏主治医生和米梦妮在一旁陪着他。看到欧晓雅的推车，Alec 先生迎了上来，抓住欧晓雅的手："Darling, how are you doing? 医生们，情况怎么样？"

　　"肺动脉主干大面积栓塞，我们正在讨论进一步的治疗方案。"吴军举着肺血管 CT 的片子递给范嘉苏医生，"一路上生命体征还算稳定。"

　　"为什么年轻女性会发生肺栓塞？有什么危险因素吗？"范嘉苏医生迅速掏出片子，一边看着，一边紧跟着转运床往前走。

　　"刚才仔细问过了"，吴军把转运床推到刚准备好的11 号病房门口，推开房门，"没有特殊的基础疾病，但可能和用药相关，欧小姐服用了好几个月的短效避孕药调整月经。"

　　"该药物可能导致高凝倾向，难怪你刚才根据胸闷症状和心电图表现就一下子想到去看欧小姐的双腿，进而发现了 DVT。"看着吴军，苏巧巧的眼中满是钦佩。

我们把欧晓雅搬动到病床，她的额头上正冒着豆大的汗珠，呼吸变得有些急促，她轻轻碰了碰吴军的手，又虚弱地垂了下去："医生，我好难受。"

尽管吸着氧，心电监护仪上的指氧饱和度还只是波动在 92%~94%，重新测量血压，数值降低到 87/58mmHg。

"不能等了，考虑新发大面积肺栓塞，影响血流动力学，需要溶栓。"范嘉苏医生平时说话和声悦气，此时却是语调铿锵，掷地有声，"准备 rt-PA 溶栓。"

元宵节晚上 6 点 28 分，rt-PA 开始缓慢地输入欧晓雅的身体。rt-PA 是新一代溶血栓制剂，用于溶解新形成的肺动脉血栓，而血栓一旦消融，病人的不适症状也好、不稳定的血压和血氧也好，都会好转。

rt-PA 需要缓慢输注，在接下来的两个多小时，Alec 坐在欧晓雅的床旁，温柔的眼神中带着一丝焦急和不安。苏巧巧也时不时地走进房间，观察欧晓雅的症状和监护仪上的数值。看到女儿趋于稳定的生命体征，听到苏巧巧耐心细致的解释，Alec 眼中的不安渐渐消散，在苏巧巧的劝说下终于放心回到自己的病房休息了。

晚上 9 点整，苏巧巧再一次走进欧晓雅的病房，此刻欧晓雅正闭着眼睛休息，她的呼吸变得平稳，监护仪显示血压升到 102/72mmHg，血氧饱和度上升到了 96%。

苏巧巧把监护仪上的数值记录在本子上，看着欧晓雅恬静的样子，她长长地舒出一口气。欧晓雅缓缓睁开眼睛："苏医生，谢谢你对我的关心，我感觉好多了。"

"不好意思，打扰到你休息了。"苏巧巧看到欧晓雅醒过来，略有歉意，"目前你的情况平稳多了，药物应该是起效了。"

"我一直没有睡。一开始，我是真的难受得不想睁眼，后面慢慢舒服了一点儿，就闭着眼睛休息。其实，你每次进来看我的时候，我都是知道的。感谢你。"欧晓雅伸手移动着枕头，换了一个舒服的姿势躺着，她的眼神里含着一丝失望，"但吴医生一直没有来看我。"

"在医院里，有一个制度叫'首诊负责制'，你是我最先接诊的病人，对你全程负责到底就是我的职责。"苏巧巧帮欧晓雅调整了一下枕头，"吴军有自己的病人要照顾，所以一时没有过来。"

"苏医生，我们都是女孩子，其实我看得出来，你是喜欢吴医生的，对不对？"欧晓雅停顿了一下，苏巧巧手头的动作也停了下来，她点点头，坐在欧晓雅的床前，和欧晓雅对望着。

"我觉得啊，吴医生真的很有魅力。我第一眼见到他就好喜欢。"欧晓雅嘟起小嘴，"但看到你和他共事的时候那么有默契，就觉得你们才是天生的一对。刚才吴医生没有来看过我，我知道他对我并没有什么感觉。"

苏巧巧帮欧晓雅整理了一下她散落在额前的头发，张了张嘴，并没有说出什么。

"我不知道吴医生对你的感觉，但是如果你真的喜欢吴医生，你要主动告诉他，不然他这样的人，可能永远不会知道的哦。"欧晓雅轻轻抓过苏巧巧的手指，嘴角挂着一丝微笑。

"嗯，我的欧小姐，你刚刚才经历了一场危重的疾病，现在应该好好休息。"苏巧巧眉目上扬，嘴角微微咧开。

房外传来一阵敲门声，吴军走了进来，他习惯性地看了一眼监护仪，放松地对欧晓雅说："目前的情况非常好，我们继续监护一晚上。"随即轻声在苏巧巧耳边说："我们点的晚饭放在办公室里啦，一起过去吃点儿吧。"

两人告别了欧晓雅，苏巧巧带上房门，身体轻轻地靠在门把手上。

"快走，我们吃好吃的去。"吴军往前迈开两步，白大衣的一角却被苏巧巧抓住。

苏巧巧轻轻踮起脚，凑到吴军的耳边说："我喜欢你，喜欢你很久了。"

"什么？"吴军整个人一下子愣住了，呆呆地站在病房门前。苏巧巧放下脚跟，微微低着头，拉着吴军衣襟的手却并没有放开。

"我没有开玩笑，你也没有听错。"

"可是，你，沈一帆，难道不是？你，我……"

"你不用马上答应我什么，我后面也会慢慢解释给沈一帆听。我想说的说完了，现在我们一起回办公室吧。"苏巧巧抬起头，眼波里荡漾着的仿佛是清醇的美酒，她放开吴军的衣襟，一转身，轻盈地走在吴军的前面。

吴军喘了两下粗气，看着苏巧巧往前走了好几步，突然拍了拍自己的脑袋，紧紧跟上。

"元宵快乐！开吃，开吃！"看到苏巧巧和吴军一同走进办公室，我们欢快地喊着，大家已经围坐在办公桌前，一盆让人垂涎欲滴的麻辣香锅放在桌中，周围早已摆好了碗筷。

"好开心，有好吃的啦。"苏巧巧愉快地跳了两步，坐在米梦妮边上，在身边拉了一张椅子，招呼着吴军坐下。

沈一帆递给苏巧巧一份准备好的碗筷。苏巧巧愉快地接过，侧着脑袋对沈一帆说了句谢谢。

"元宵节，我们回不了家，吃完好吃的，都给家里人打个电话。"米梦妮开开心心地往嘴里塞了一颗牛肉丸子。

正说着，我的微信电话响起，低头一看，是米梦妮的姐姐米梦安，我不假思索地一边嚼着鱼豆腐，一边点开了免提。

"嗨，你为什么不给我电话？为什么不给我打电话！"视频里的米梦安把手机放在桌面上，用指节清脆地敲了两下，"听到我打你的声音了吗？除夕除夕不给我打电话，元宵节元宵节不给我打电话，想死啊你？"

我吓得迅速咽下鱼豆腐，从座位上跳了起来，把视频的免提关掉，一溜烟地跑到了办公室的外头。

餐桌上响起一阵笑声，夹杂着苏巧巧的声音："嘿，米梦妮姐夫，赶快安慰安慰人家。"

我站在走廊的尽头，和米梦安有说有笑地聊了好一会儿，窗外的夜色正浓，依稀可以看到月亮圆墩墩地趴在薄薄的云层上。我想起和米梦安初识的那个夜晚，天空中也挂着一轮圆月，咦，一晃两个月过去了。

时间啊，匆匆而过。从进入熙和医院当住院医开始，已经半年多了，我觉得自己和从前不一样了，熙和医院有一种浓浓的"熏"文化，当身边的人都那么优秀，那么上进时，不知不觉中，我自己也慢慢成长起来。

现在我的身边，还多了一个米梦安。

黑洞引力

我们在国际医疗部的轮转结束在春夏之交的五月。出科的当天傍晚，苏巧巧约沈一帆到邻近的商场喝了一杯咖啡。走出咖啡厅时，沈一帆耷拉着脑袋，面无表情。

　　他驻足在商场的落地窗前，看静默日落，看无声喷泉，看人来人往。黄昏的阳光和喷泉的晶莹给路过的人们镀上了一层玫瑰色，那些擦肩而过，从此就不再有交集的路人，都有怎样的故事？那个行色匆匆、胡乱盘着头发的女生在下班后又会奔赴哪里呢？那个拎着帆布袋、穿着碎花裙，迈着小碎步的老奶奶，在半个多世纪的人生里究竟经历了多少欢愉和坎坷？那个喷泉池边戴着耳麦、面带微笑的少年，是在摇滚或是蓝调的韵律里等待着哪个姑娘呢？

　　片刻，太阳收敛了最后一束光芒，傍晚把天空彻底交给了广阔的夜和零星的灯。沈一帆的脚步像是灌了两斤白酒后一般无力而拖沓，就这样，他回到了医院，又绕着院区漫无目的地走了半晚。

　　我们都猜得出发生了什么。在国际医疗部的轮转过程中，沈一帆多少已经看出苏巧巧对吴军的感情，但这一天，他终于亲耳听苏巧巧和盘说出自己的想法，沈一帆的心还是如同被扎进了一把刀子。

　　"抽刀断水水更流，举杯消愁愁更愁"，这是古人对于爱情失意时的描写。一段感情，一旦你真心投入，在失去的那个瞬间，生活就会形成一个巨大的黑洞，断水也好，消愁也罢，在黑洞边缘，你作出的一切努力都会被吸得一干二净。

然而，在住院医的生活里，没有抽离的时间，更没有可以举杯消愁的片刻。

沈一帆，这位曾经复读一年的高考状元，在这个黑洞的边缘沉寂了大半个夜晚后，就径直往住院楼走去。

昨天刚换班，沈一帆轮转的这一站是肾内科。

到了办公室，他从白大衣的口袋中掏出小本子，撕掉前面的几页，在崭新的一页写上"Occupy Yourself!"（填满你的时间），然后每翻开新的一页，就记下一位自己管理的病人情况。

3床，张某，37岁男性，肾病综合征，抗磷脂酶A2受体抗体252RU/mL，诊断为原发性膜性肾病，即将使用利妥昔单抗。

5床，林某，23岁女性，急性肾损伤，肌酐峰值376μmol/L，肾穿刺明确为急性间质性肾炎，加用激素50mg/d已经5天，昨天肌酐数值下降到213μmol/L。

18床，刘某，68岁男性，肾穿刺明确为淀粉样变肾损害，同时存在心肌受累，心室射血分数降到 34%，即将转入血液科进行进一步化疗。

……

尽管昨天才接班，沈一帆已经对每一位病人的情况了如指掌，他手中的笔在小本子上挥舞着，床号、年龄和各项化验指标流畅地从笔尖滑到纸面，没有一丝停顿。

在合上本子前，他看着自己记录的最后一位病人：34 床，徐媛媛，16 岁女性，反复发热 40 天，视物模糊、视力下降半个月，肌酐升高 3 天，原因不明。

他拿起笔在"原因不明"这四个字上画了个圈，在边上顿了顿，又坚定地合上本子。

在这位一以贯之的尖子生眼里，"原因不明"只是一道暂时没有解开的难题，而他，真正遭遇过挫败的只有那道和苏巧巧的感情题，那是自己心中还没盛开就已经枯萎的爱情萌芽。

沈一帆闭上眼，昨天下午接班时见到徐媛媛的场景浮现在脑中。

"你好，我叫沈一帆，今后一段时间的治疗，有事你随时来找我。"床旁交接班的时候，沈一帆友好地向面前这位女孩伸出了手。

"你好。"徐媛媛的嘴里飘出清脆的两个字，声音很单薄，仿佛吹出的两个肥皂泡，还没飘远就碎了。她的眼睛睁得很大，直勾勾地望向前方，眼底泛着年轻的气息，但视线却失去了焦点，美丽的眼眸寂静而遥远，像吞噬了一切的黑洞。

徐媛媛并没有注意到沈一帆伸出的手，沈一帆很快也察觉到了什么，把手缩了回来，身边交班的住院医刘医生在沈一帆耳边低语："她的眼睛看不见了……"

徐媛媛是一名高一学生，今年 3 月末无明显诱因出现发热，体温最高达 40℃，同时伴有阵发性右下腹痛，就诊时外院首先考虑"阑尾炎"，使用抗生素治疗后她的发热和腹痛好转。但好景不长，一段时间后她的手背、足面和双上肢出现红色皮疹，一开始是针尖样大小，后续部分融合成片，同时尿常规发现有两个加号的潜血和尿蛋白，结合"紫癜样皮疹、腹痛和肾炎"这几个特点，当地医院诊断为"紫癜性肾炎"，很快加上了泼尼松，几天后皮疹消退，但徐媛媛再度发热，体温升高到 38.6℃。就在半个月前，这位高一女孩在写作业时突然发现自己怎么也看不清课本上的文字了，而随后的一周，她更是在无尽的痛苦中坠入黑洞：她视力下降的情况迅速加重，很快进展到只能分辨出物体的轮廓和颜色——换句话说，徐媛媛近乎失明。

三天前，另一件不幸的事情降临，徐媛媛原本正常的肾脏出现急性衰竭，血清肌酐从一周前的 56μmol/L，陡然上升到 203μmol/L。当天夜里，徐媛媛的父亲徐思驾车带着女儿连夜往熙和医院赶——那个被当地医生称为"只有那里能很快弄清楚"的地方。

昨天到达熙和医院急诊时，已临近傍晚，经急诊科医生急查，徐媛媛的血清肌酐已经上升到 326μmol/L，与此同时，血常规提示血红蛋白轻度下降，但血小板猛然降至不到正常 1/3 的水平。眼见着接二连三的诡异不幸，父亲徐思在急诊室的大门外苦闷地来回踱步，肾内科主治医生陈昭明会诊后当晚就把这位花季少女收到了病房。

"对于徐媛媛的病情，你们有什么想法？"看到沈一帆和交班的刘医生回到办公室，陈昭明问两个住院医。

"眼科的问题的确不是我们的专长，明天一早我会请眼科医生会诊。"沈一帆又扫了一眼电脑上徐媛媛的检查报告，"徐媛媛先后出现腹痛、皮肤紫癜、肾小球肾炎和眼疾，如果尝试用一元论来解释，这几个部位都可能涉及小血管病变，我会首先考虑血管炎，目前血管炎广泛累及各个脏器，并且发展迅速，之前使用口服激素治疗仍不能阻止病情进展，在排除风险之后，我会考虑激素冲击治疗。"

"好想法。"陈昭明指了指电脑屏幕上的血常规，"但你怎么解释突然下降的血小板？"

血小板是身体里的"止血卫士"，当身体出血的时候，血小板便会挺身而出，融化成千上万的自己，化成一张织网，封堵出血的部位。自然而然，在严重的出血性疾病中，血小板会因为消耗而减少。如果徐媛媛是因此而导致血小板下降，则会有显而易见的出血，并且血常规中的血红蛋白也会出现较为显著的下降。这和目前的情况不符。

"嗯……"沈一帆来回转动了几下鼠标的滚轮，停下几秒钟，之后恍然大悟般说道："难道是血栓性微血管病？"

"不错。这正是我担心的。"陈昭明赞许地点了点头，"你所怀疑的血管炎累及的几个部位，正是微血管集中的所在，这些快速下降的血小板可能在微血管内形成血栓，导致皮肤紫癜和肾脏损害，尽管眼底小血管不是常见的累及部位，但如果形成微血栓，完全可能造成视力下降。哦，对了，你们刚才接诊病人时注意到徐媛媛的血压了吗？"

"刚收入病房我就测量了血压，144/92mmHg。"交班的刘医生说。

"对于16岁的年轻女性来说，这已经不太寻常了。"

沈一帆若有所思地看着陈绍明医生，"血压偏高，这也印证了你的假设，肾脏微血管内发生血栓时，激活肾素-血管紧张素系统，病人因此出现血压升高。"

"那么，接下来你想怎么做？"陈昭明医生拿起办公桌上的矿泉水，递给两个刚刚完成交接班的住院医。

"首先，明确血栓性微血管病，明天一早送检外周血涂片，观察是否存在破碎红细胞。其次，请眼科会诊，明确眼底病变的性质。最后，如果确定是血栓性微血管病，并且考虑和潜在的免疫性疾病相关，在排除禁忌证之后，我们要加强当前的免疫抑制治疗，是这样吧？"沈一帆接过矿泉水瓶，说完之后便轻轻地拧开了瓶盖。

"失明是重症，我不想等到明天，刚才我已经请了眼科会诊，他们今晚就会来病房看徐媛媛。另外，如果最后真的确定了是血栓性微血管病，就有可能用到肾内科特殊的治疗方式——血浆置换。"刘医生补充说。

"非常好！欢迎来到肾内科。"陈昭明看了看沈一帆，又转头看着刘医生，"也感谢你过去三个月的辛苦工作，欢迎你以后再来肾内科。"

完成了交接班，沈一帆哼着小调前往商场的咖啡厅，满心欢喜地奔赴苏巧巧的约会，但半个多小时后，他面如死灰地从咖啡厅里走了出来，眼镜后藏着不知所措的迷茫。

肾内科病房的窗外，黑暗的天空如同幕布，却被天边的朝阳撕开了一个小口。睁开眼，沈一帆的心中重新燃烧起睿智的火苗。他再度翻开徐媛媛的病历，几下子翻到眼科医生的会诊意见，上面写着一些陌生的字眼：双眼视盘周围可见大量棉绒斑及片状出血，考虑为普尔彻视网膜血管病变。

现代医学高度细分又快速发展，无论如何聪明或坚毅，尽其一生也无法穷尽各门类的医学知识。好在互联网和医学文献构建起不同学科间的桥梁，而选择"医生"作为职业的人们，"终身学习"则不会是一句口号，而是日常的习惯。

沈一帆很快搜索到普尔彻视网膜血管病变（Purtscher's retinopathy），这种非常少见的疾病是20世纪初由一名奥地利眼科医生发现的，表现为严重的头部创伤后失明，伴随双眼视网膜出现出血点以及变白的现象。后世的医生发现，很多系统性疾病，如系统性红斑性狼疮和血栓性微血管病也可能导致这种疾病，再后来，医生发现这种疾病的本质是各种原因的补体活化，形成直径约 50μm 的白细胞聚集物，大致对应着视网膜小动脉周围大约 50μm 的透明区。

如果词语有颜色，"Purtscher's retinopathy"的色

彩一定是在逐步暗淡中坠入黑暗。假如在这个黑暗边缘还有一丝微光，那便是此类病人的夙愿，是百余年来医生的执着，也许其中也有沈一帆此刻眼中的倔强。

针对徐媛媛今日的化验检查，沈一帆在电脑上敲出了新的一项——补体指标。

天边的朝霞驱散了夜的最后一抹黯淡，沈一帆走到徐媛媛的床边，亲手为她抽了今天的血样标本送检。末了，他回到医生办公室，到显微镜边坐定，戴上手套，旋开显微镜的光源，小心翼翼地拧开留下的一管血常规样本，取试管抽吸几滴血滴在载玻片上，将它推出均匀的薄膜，染色，冲洗，然后持着载玻片置于显微镜的光源上，放稳，调焦，双眼对着目镜，耐心细致地探索着显微镜下的方寸世界。

这是在呼吸科轮转时楚柳主治医生给他留下的宝贵财富。尽管在上午的标本中，已经有外周血涂片送检，沈一帆还是想提前一点儿亲眼看到徐媛媛的血标本在显微镜下的样子。

成百上千的红细胞在显微镜下一路铺开，许多原本应当呈圆盘一般的红细胞不再圆润，有的缺了个角，有的变成棘形，有的化作不规则的一团，这些残缺，都是千军万马的红细胞在血管通过时被血小板形成的纤维丝切割过的伤痕。

　　沈一帆呼出一口气，尽管一夜未睡，但此时他的脸上没有丝毫疲惫，他在办公室桌面上趴了一小会儿，不多时，住院医们纷纷踏着清晨的露珠来到医院，办公室里顿时热闹起来，沈一帆徐徐地直起腰，掏出书包里的面包啃了几口。

　　"可以很肯定，徐媛媛是血栓性微血管病。"查房时，沈一帆向陈昭明主治医生展示了采集的显微镜图像，"另外，眼科医生会诊考虑为普尔彻视网膜血管病变，这是一种少见现象，徐媛媛的视力下降和视网膜动脉的白细胞聚集有关，而这和补体的激活有关，我推测徐媛媛的病因是补体相关的血栓性微血管病。"

　　"你采集的血涂片图像很有说服力，的确是成堆的破碎红细胞。徐媛媛血栓性微血管病的诊断成立，这可以解释诸多发生在她身上的疾病现象。"陈昭明医生翻阅着沈一帆递来的红细胞图像和眼科的会诊意见，"你的分析相当了不起，我同意你的猜测，你能说说接下来想怎么做吗？"

　　沈一帆转了一圈手中的笔："等待补体的检查结果，验证我们的猜测。"

　　"你需要注意一个蹊跷的地方，对于补体相关的血栓性微血管病而言，有时即便补体检查数值正常，也不能排除这种疾病的可能性。"陈昭明医生望向沈一帆的眼睛，稍作停顿，然后坚定地说，"我会选择直接开展血浆置换，毕竟，血栓性微血管病是疑难危重疾病，徐媛媛又发生了重要脏器损害，诊断到这一步，我们需要考虑迅速开展治疗，而接下来补体或其他更多的检查不会改变我们尽快进行血浆置换的决心。"

沈一帆若有所思地点点头："有道理，对徐媛媛来说，当前的重点需要从明确诊断迅速转移到开展治疗上。"

"这并不是说明确诊断不重要。相反，明确诊断非常重要。"陈昭明医生接着说，"但对于危重病人而言，如果下一项化验结果不会改变医生的治疗决心，那么就应该和时间赛跑，边诊断，边治疗，在治疗中修正诊断，在诊断中改进治疗。此时的病人，就像一个在不断旋转中快速下降的陀螺，能托举她重新驶回正轨的只有尽可能精确的诊断和尽可能快速的治疗。"

"明白了！"沈一帆不住地点头，"昭明医生，我先向你汇报完我的病人，然后迅速给徐媛媛放置深静脉置管，联系血库取血浆，今天就开始治疗！"

不一会儿，讨论完病人，陈昭明医生就在病房里看见躺在病床上的徐媛媛颈部已经放置了一根深静脉双腔管，沈一帆显然已经和徐媛媛及她的父亲徐思谈好了治疗方向。见到陈昭明医生，徐思的眼中含着一丝激动："陈医生，沈医生刚刚告诉我们从血库申请了 2 000mL 血浆。"

　　刚放置完深静脉置管，徐媛媛还不太适应，她僵直着脑袋、睁着空洞的双眼循声望向查房的医生们："医生们好，血浆置换后，我的眼睛还能重新看见，是吗？"

　　"嗯，有希望的。"陈昭明医生轻轻地把一只手搭在徐媛媛的肩上，"而且啊，我们住在肾内科，血浆置换后，我们更有信心的是，你的肾功能会稳定并逐渐恢复正常。"

　　忙乎完一系列操作，沈一帆的额头上还带着一些汗珠，他默默垂了一下头，在昨晚查找的资料中，他已经知道普尔彻视网膜血管病变的预后很差，刚才查房时，陈昭明医生看到眼科的会诊意见后也深深地叹了一口气。

　　在黑洞边缘，你作出的一切努力都会被吸得一干二净，或许这些都只是无意义的抗争，但每一个看似无意义的微光聚在一起，在某一个瞬间能够被某个人看到，或许就有了意义。

　　沈一帆抬起头，透过镜片，他的双眼绽放出虔诚的光，探入徐媛媛眼里的黑洞："在高中课本中，你可能刚学过一篇课文，是鲁迅先生的《故乡》，里面说'希望是本无所谓有，无所谓无的。这正如地上的路；其实地上本没有路，走的人多了，也便成了路。'。今后的一段路，我们会陪你共同走过。"

有时去治愈；常常去帮助；总是去安慰——这是长眠在美国纽约撒拉纳克湖畔特鲁多医生的一句墓志铭，沈一帆非常熟悉。但刚成为住院医的时候，这位曾经的高考状元骄傲地认为，有能力的医生应该尽可能做到常常去治愈，至于安慰，不应该成为优秀医生的常态。经过了大半年的内科轮转，回顾经手的一个个病人，沈一帆慢慢认同了特鲁多医生的这句话，而昨天刚刚经历感情创伤的他，又进一步理解了安慰的重要性。

安慰病人，应当是一名优秀医生的习惯。

"徐媛媛，你不要害怕。血浆置换，只是把你身上的血浆从这个管子里抽出来，再把新鲜的血浆回输到你的身体里，这个过程并没有什么疼痛的感觉。"沈一帆继续说。

"医生哥哥，我不害怕疼痛。如果疼痛之后我的眼睛能够恢复，我愿意经历它。"说着，徐媛媛哽咽了，她的眼里一下子含满了泪水，眨巴一下，眼泪夺眶而出，几点晶莹挂在了她长长的睫毛上。

徐思把女儿的手握在自己的掌心，轻拍了几下，他眼角通红，拍手的时候沉默的空气卷起他衣襟上淡淡的烟味。

接下来的一周多，沈一帆每天都关注着徐媛媛的症状和化验指标，陆续回报的化验指标进一步验证了假设的诊断。随着血浆置换的进行，徐媛媛的血清肌酐水平逐步下降，而血小板数量也在慢慢回升。

遗憾的是，徐媛媛的视力依然没有明显的恢复迹象，她依然只能分辨物体的轮廓和颜色，但她已经非常熟悉那个每天无数次来看望她的沈一帆，她模糊地看到一身雪白的白大衣，她知道她的医生理着平头，戴着眼镜，进出门时总是一副匆忙的样子，走到她身边时，又会缓缓地和她聊上好长时间。

"下周，我们继续进行血浆置换。"沈一帆坚定地说，"在血栓性微血管病的治疗中，考虑终止血浆置换的指征是血小板连续三天以上处于正常水平，你现在的指标还没有完全恢复正常，等血小板彻底恢复正常了，眼睛的情况或许会有转机！接下来的路，我们还要一起走下去。"

"好的，谢谢哥哥。"在和沈一帆的交谈中，徐媛媛的话也慢慢多了起来，说这句话的时候，她的嘴角微微上扬。

接下来的一周，又是每天一次的血浆置换。

徐媛媛的眼睛依然没有明显起色。在每天的交谈中，沈一帆没有告诉徐媛媛的是，从这周的第三天开始，她的血小板已经恢复正常，血清肌酐也恢复到了接近正常的水平。这周最后一天血浆置换时，血清肌酐终于回落到了完全正常的水平。

一天的治疗结束，沈一帆坐在徐媛媛的病床旁，先是聊了一会儿徐媛媛的高中生活，末了，临近告别时，他微微低着头，没有开口说话。

"哥哥，你不要难过。"徐媛媛打破了空气中的沉闷，"这一路走过来，其实我很感谢你们，你现在没有必要皱着眉。"

沈一帆下意识地摸了摸自己的眉间，突然，他猛地抬起头："徐媛媛，你是看到我的表情了吗？"

徐媛媛惊了一下，抬眼又看了看沈一帆，然后伸手放在自己的眼前："你不说我还没有感觉，我不确定……但好像我看到的轮廓比以前要清晰一点儿了。"

"走，去眼科那边会个诊。"沈一帆扶着徐媛媛坐上轮椅，推着她就出了病房，沈一帆掏出手机拨了个电话，"嗨，师姐，帮我复查一位病人的眼底。"

半小时后，眼科会诊的结果出来了，徐媛媛眼底的普尔彻视网膜血管病变已经几近吸收，虽然她的双眼视力依然不到 0.1，但比之前的视力测试结果已经提高了不少。

徐媛媛睁着大眼睛，尽管眼前不是她所熟悉的世界的样子，但她的眼中不再是漆黑一片，里面燃起了一道微光，带着三分兴奋，七分希望。

"普尔彻视网膜血管病变能够有所恢复，已经是很不错的结果了。"师姐同样有些兴奋，"假以时日，也许真的会有奇迹发生。"

将徐媛媛推回病房，沈一帆扶着她坐在病床边，徐媛媛面对窗户，轻轻地说："哥哥，窗外是晚霞吗？红红的一片，模糊的，但很美。"

临近黄昏，夕阳把天空染成一片熟透了的样子。沈一帆的心里也注入了一股力量，他看着身边的徐媛媛说："接下来这条叫'希望'的路，你还要一直走下去。"

忙碌完一天的工作，沈一帆走出办公室时已是夜晚。他绕着院区的小路走向住院医公寓，公寓边的灯光球场上，他一抬眼就看到吴军打篮球的身影，他高高跃起，一个后仰，篮球出手，干脆地落入网中，盘腿坐在球场边的苏巧巧一跃而起，拍手叫好，她的马尾辫兴奋地跳动了好几下。

沈一帆脸上露出微笑，扶了一下眼镜，默默地从球场边走过。

病房里的那位妹妹，她会长大成年、会上大学、会谈恋爱，她那黑色的眼眸，会不会在未来某一天夜晚的球场边，为某个男生而闪亮呢？

天空之城

熙和医院里有一处幽静的小花园，坐落在医学院和医院之间，花园里树木成荫，在夏日的阳光中旺盛地生长，一条笔直的小径穿越花园，连通医学院和医院。又到了临近毕业的时节，过不了多久，一批优秀的毕业生将要踏上这条小径，从医学院走向医院。

北京的夏日，正午的太阳毫无保留地向地面倾泻着光和热，穿过花园半空的层层树叶，在草坪上编织出斑斓的花纹，空气寂静，几声蝉鸣惊动了阳光，微微晃动着草坪上的纹路。

夏日的中午或傍晚，本来是吴军在篮球场上挥洒汗水的时候，但此时的他，正在血液科的办公室里微微皱眉。

办公室的阅片灯发出微弱的频闪和寂寥的电流声，几张 CT 片挂在灯前，吴军一张张仔细地看过去，间或拿出尺子比量一番，然后发出一声轻轻的叹息。

杨小贝的胸腔和腹腔里长了好些大大小小的淋巴结，尤其是纵隔的一处淋巴结，张牙舞爪地挤作一团，推搡着使纵隔偏向胸腔的左侧。

"杨小贝"这个名字的主人，不是什么陌生人，她是比吴军小一届的师妹，是熙和医学院合唱团的一名主唱，她的长相如同她的声音一般甜美。一年前的毕业季大学生歌咏比赛中，她弹奏着钢琴，唱了一首《天空之城》，空灵的声音穿透了音乐厅，沁入了每个听众的心里。歌毕，她从琴椅上站起，如公主般拖着白色的裙摆走到舞台正中，优雅地鞠躬，音乐厅里响起长达数十秒的掌声。

"世界不停转动

伴随着你，伴着我们

直到我们重逢的那天……"

一年前，刚刚毕业的吴军正好在音乐厅现场，他第一次认识了这位优秀的学妹，而这段旋律，也在他的脑海里萦绕了好几天。

那是他第一次对一个女生产生思念的感觉，但不善表达的他，在毕业后，穿过笔直的小径迈入医院，过着忙碌的住院医生活，那场音乐会的旋律慢慢消散，那位弹钢琴的公主也慢慢褪色，他和苏巧巧走到了一起，他有了自己的生活。

没想到和师妹的再次相逢，是在毕业一年后的医院病房里。突然间，那空灵美妙的歌声在吴军的脑中再次鲜活起来。

又看了几眼阅片灯前的 CT 片，吴军定了定神，往杨小贝的 13 号床走去。

"杨师妹好，我听过你的歌。"吴军看着面前的杨小贝，她身材姣好，眉眼出彩，肩上披着一头乌黑靓丽的长发，像极了从画扇里走出来的古典美人，杨小贝的唇上擦了一抹淡红色的唇膏，衬得白皙的面庞晶莹如雪。

"吴师兄好。"杨小贝嘴角挤出一丝微笑，"我经常看到吴师兄在篮球场上打球，很酷。"

她的声音失去了往日的空灵和甜美，带着沙哑，气息有点儿紊乱，吴军知道这是纵隔肿大淋巴结压迫气管的迹象。

"一开始，你是如何发现身上的异常的？"吴军步入正题，开始询问病史。

杨小贝把披在肩上的长发向后拨开，把头转向左侧，在她的脖子上可以看出明显肿大的淋巴结。她微微低下头，重新把头发拨到前面，用手梳理两下，然后抬起头轻声说："一个月前，我在洗澡时摸到颈部右侧肿大的淋巴结……一开始不太大，我以为是写毕业论文太累了。又过了半个月，等毕业论文写完时，它们……变得更大了一些，而且我发现自己的声音变得……沙沙的，有时……还会喘不上气。"

"然后，师妹就在门诊做了CT检查，还做了淋巴结穿刺活检，是吧？"吴军的声音低沉下来，"检查结果……你知道了吗？"

杨小贝点了两下头。

"伯基特淋巴瘤。"吴军和杨小贝一起轻轻地说出了这个残酷的病名。

这是人类生长最快的肿瘤，在体表可见的浅表淋巴结部位，肿瘤肆意地生长着，在体表不可见的深部淋巴结区域，肿瘤依然肆意地生长着，而把淋巴结穿刺活检的病理结果剖开看，同样会看到肿瘤细胞肆意地生长着，排列出一幅可怖的"星空状"图案。在肿瘤病理学中，通常以 Ki-67 指数描述肿瘤增殖的快慢，Ki-67 指数的数值在 0~100% 之间，数值越高，代表肿瘤增殖越快，杨小贝的病理结果提示 Ki-67 指数高达 98%。

"很快就要化疗了吧。"杨小贝抚摸了几下自己瀑布般的长发，捡起末梢的一小截儿在手指上卷了卷，"再见了……我的宝贝。"

"会慢慢好起来的。"吴军想要继续说点儿什么，伸出手，却停在半空，接着又缩了回来挠了挠自己的头。

"果然如苏巧巧师姐所说，师兄还确实是……不太会安慰人呢。"杨小贝微微抬头，两片微张的淡红色嘴唇像是含苞待放的花朵，"这种淋巴瘤，我们都知道的……预后很不好。"

吴军还想说点儿什么，但张了张嘴，终究什么也没说出来。这位即将毕业的医学生，就像一年前的自己，在长达八年的时间里啃下了近百本厚厚的教科书，见习和实习期间又在病房里全身心浸泡过，她虽羽翼未丰，却也经验十足，她的人生即将启航，却遇上了一场自己可以预测结局的大风暴。

下午，吴军第一时间就向血液科主治医师梁松雨汇报了杨小贝的病史，末了，他急促地说："肿瘤生长得非常快，我们需要尽快开始化疗，如果可以的话，今晚就开始，正好我晚上值班，会密切观察她的化疗反应。"

"我理解你的心情，杨小贝也算是低我十几届的小师妹。"梁松雨医生说道，"她的肿瘤负荷非常重，伯基特淋巴瘤在化疗过程中很容易发生溶瘤综合征，在真正开始化疗之前我们还需要做好预防，以及预化疗一下。"

"哦，为了保险起见，在大剂量化疗之前，我先做好水化，也准备好别嘌醇降尿酸。"吴军拍了自己的脑袋一下，是自己着急了。溶瘤综合征是一种严重的肿瘤急症，在化疗时，肿瘤细胞快速溶解，释放大量的钾、磷酸盐及核酸。严重的高钾血症可能诱发心律失常导致猝死，此外，磷酸钙沉积在肾脏会引起急性肾损伤，而核酸分解代谢会导致高尿酸血症。在肿瘤负荷很大的时候，如果对化疗操之过急，反而可能酿成悲剧。

"另外，伯基特淋巴瘤具有很强的侵袭性，还可能侵入中枢神经系统，每一程化疗都需要兼顾中枢神经系统的治疗。"梁松雨医生接着说。

"明白。我这就给杨小贝做个腰椎穿刺，明确有无中枢神经系统受累。"吴军点点头，出了办公室就立刻走向操作间开始准备。

一切就绪。

杨小贝把长发盘在手术帽里，解开病号服的上衣，缓缓地侧卧在操作床上，她头靠在枕头上时，颈部的淋巴结肿大得更加明显。吴军的目光在那里停留了几秒，在操作床边坐定，帮杨小贝摆好体位："慢慢把腿蜷起来，弯成'虾'的形状。"

"师兄，我知道的。"杨小贝照着做了，不知是紧张还是呼吸不畅，她腰部的曲线在微微地上下颤动着。

"不用紧张，慢慢呼吸，我们一会儿打个麻药。"吴军嘱咐着，手指摸着第4、第5腰椎的间隙定位，用马克笔标记后戴好手套，开始进行局部消毒。

吴军麻醉的手法很轻，他小心翼翼地打了个皮丘，确定杨小贝没有疼痛的感觉后，开始缓慢地在标记部位进行腰椎穿刺。

匀速进针，拔出针芯，清亮的脑脊液徐徐流出。收集好标本，吴军缓缓地舒了一口气。

"去枕平卧 4~6 小时，有什么不舒服都可以叫我。"吴军帮杨小贝躺平，移掉枕头，又温柔地帮她拉上被子。

"真的一点儿也不痛。"杨小贝听话地点点头。

"不要使劲儿动脑袋。"吴军双手交叉，做了个不行的动作。

杨小贝吐了吐舌头。真正住进病房后，她的心情也慢慢放松了下来。

走出操作间，路过一间病房，吴军注意到梁松雨医生走到一张病床前，握着一位老者的手，微笑着交谈。

"和梁医生聊天的那位病人是谁？操作前我就看到他在里面，这么长时间还在。"把标本放在标本台时，吴军问身边的一位护士。他刚转到血液科，查房时，记得那张病床上住着一位慈眉善目的老先生。

"你应该还不知道。那是梁医生的父亲，得了急性白血病，定期过来化疗，但这次的病情进展很快，要更换新的化疗方案。"

"原来是这样。"吴军又回头看了一下那间病房，心里激荡起一种复杂的感觉。

预化疗是真正化疗之前的"前驱部队"，歼灭小范围的"敌人"之后，有助于避免后续强化疗时的溶瘤综合征。晚些时候，吴军开完预化疗的医嘱，看着小剂量的化疗药缓慢输入杨小贝的身体，忙碌了一天的他准备下班回家。

吴军和苏巧巧相恋了数月之后便在医院附近租了一间一室一厅的小房子，简单布置一番后入住，那里便是两个人的幸福小天地。吴军到家时，已是晚上 8 点半，苏巧巧虽然也才到家不久，但已经张罗了几道简单的菜肴。听到门铃声，苏巧巧从厨房里蹦跳着出来开门。

"你回来啦！"

"嗯，回来啦。"吴军的声音略有些沉闷。他走进屋内，从厨房端出菜肴、摆上碗筷，和苏巧巧围坐在桌边吃晚餐。

他和苏巧巧说了杨小贝的事情。

"啊，那个唱歌很好听的师妹啊。我和她聊过天，当时她还提到过你，夸你篮球打得好。怎么是这种病，太可惜了。"苏巧巧一把搂过吴军，安慰地拍了拍他的脑袋。

聊的话题有些伤感，吃过晚饭，收拾好碗筷，两个人都有些累，他们并排坐在沙发上，苏巧巧把脑袋斜靠在吴军的肩膀上，轻轻地说："我们换个话题，你好久没给我讲好听的科幻故事了，要不你编个故事给我听？"

吴军点点头，抚摸着苏巧巧的头发，思考了几分钟，开始讲述一个新故事。

在距离地球1.5万光年的天箭座，一个像太阳一样恒星的生命即将终结，她喷洒出最后的气体和尘埃，在天体望远镜的观测下，宛如一颗颗晶莹剔透的钻石，地球上的人们将其称为"项链星云"。

但谁都不知道，看似美丽的项链星云里的生命正在经历一场劫难。距离那颗濒死恒星1.89亿公里的行星轨道上，有一颗名叫拉普达的星球。那里原本气候适宜，孕育着丰富的物种，但在恒星死亡的漫长岁月里，那里的气候逐步恶化，说是逐步，其实一开始没那么明显，星球上的人们以为只是几场沙尘暴，只是一些不寻常的山体滑坡。后来，星体间的引力骤变，拉普达星的重力系统坍塌，星球的自转和公转周期彻底打乱，大气层开始逃逸，星球上狂风乱作，地表的城市被撕裂，拉普达星人躲进了暗无天日的地底洞穴，即便如此，星球上适合居住的场所依然变得越来越少。一部分拉普达星人闯出地底洞穴，在狂风中漂泊，寻找新的住所。有传闻说，在混乱的龙卷风气流的正中央，在安静的风眼里，那里重力为零，悬浮着一座天空之城，所有的物体和生物都漂浮在暂时安全的风眼里，一些拉普达星人在那里居住下来，他们把那里称为"新拉普达城"。

是继续委身于地底洞穴中等待最后的审判，还是踏上寻觅天空之城的旅程抓取新的希望——尽管，在这个濒临消亡的拉普达星上，这个希望可能也不会持久？

希达和她的爷爷决定出发，他们要冲出洞穴，勇敢地纵身一跃。

"孩子，你还年轻，要离开洞穴，外面尽管充满风险，但只要到达天空之城，就还能见到——希望！"

"孩子，在狂暴的龙卷风里，你要剪断长发，你要穿上厚实但难看的衣服，风会像尖刀一样割伤你的肌肤，你会饱受痛苦，但你要记住希望，你要前往的地方是——天空之城。"

……

离开洞穴前，爷爷一句句地交代希达，希达一一照做了，她看着飘落在地上的青丝，在眼泪快要溢出眼眶的时候果断地戴上了护目镜。

一切就绪，希达和爷爷准备出发。

吴军停了下来，继续思索着故事，这时耳边传来苏巧巧均匀的呼吸声，他低头一看，苏巧巧的脑袋已经滑落到他的胸口，苏巧巧正在繁忙的重症病房轮转，不知何时，已经疲惫地睡着了。

吴军把苏巧巧贴在脸颊上的头发拨开，看着她白里透红的脸，埋头吻了一下，不想苏巧巧一下子惊醒了。

苏巧巧继续躺在吴军怀里，不好意思地说："抱歉，我听着故事，居然睡着了。"

"没事，刚才我的故事也有点儿编不下去了，等我构思好了，下次一并讲给你听。"

"等一下，你刚才低头弓身的时候，我好像听到你的心脏有杂音。让我再听听。"苏巧巧用手揉揉眼睛。

"怎么会呢，别多想。"吴军顺势把苏巧巧抱了起来，放在床上，"你在重症病房工作太累了，早些睡吧。"

"不成，我还要再看一会儿文献。今天有个病人的情况，我还想再查一点儿资料。"苏巧巧一挺身，从床上跳了下来，走到书桌边打开电脑。

"你呀，这个习惯特别不好，困的时候还总想着熬夜看书，好几次我睡着了半夜醒来看你的台灯还亮着。"吴军一边说着，一边随手整理着书桌上的书籍，"答应我，今晚不能看到太晚。"

"好——知道啦。"苏巧巧冲着吴军做了个鬼脸。

又过了两天，在提前水化和预化疗之后，杨小贝要开始正式的大剂量化疗了，在签署化疗同意书时，吴军告诉她，要使用到的药物很多，有环磷酰胺、长春新碱、多柔比星、氨甲蝶呤和利妥昔单抗，这里面有很多潜在的不良反应，最让人担心的风险是溶瘤综合征。

"发生了溶瘤综合征，是不是恰恰……说明肿瘤的治疗效果很理想？"杨小贝当然知道溶瘤综合征的危险，但在病房住了两天，她经历了有条不紊的治疗，也和身边的病友几番交谈，心情突然变得轻松起来。

"别开玩笑，这可是会致命的。"吴军急得睁大了眼睛。

"没事，你可以救我回来的。"杨小贝眨巴了两下眼睛，"好啦，这些内容我都理解，签同意书吧。不过……师兄你真的不会安慰人。"

化疗开始。一瓶又一瓶各种颜色的药物输入了杨小贝的身体，为了减轻潜在的溶瘤综合征风险，紧接着又是大量生理盐水的水化治疗，一开始杨小贝还尝试自己多喝水，很快，她开始感到恶心、心慌，稍微喝一点儿水就要吐出来。间断过来观察情况的吴军帮助她收拾好呕吐袋，又擦了擦杨小贝嘴边的污渍，他加强了止吐针的剂量，也添加了用来水化的生理盐水的剂量。

连续三天，吴军每隔半天就给杨小贝化验一次血生化和电解质，并适度调整治疗方案，杨小贝的血钾、血钙、血磷、尿酸和血清肌酐水平一直处于正常范围内——溶瘤综合征没有发生。

更加可喜的是，又过了几天，杨小贝的颈部淋巴结在以肉眼可见的速度缩小，她说话的气息变得顺畅了一些，声音虽然仍带着沙哑，但滤过这一层模糊的沙哑，已经可以感觉到那原本空灵而亮丽的质地。

"我觉得，我以后可以改唱中低音声部。"这一程的化疗结束，杨小贝照镜子看着自己的颈部，已经开始慢慢呈现出从前修长的样子，看到梁松雨医生带着组里的住院医们来查房，杨小贝接着说，"我的恶心、呕吐都消失了，胃口变得好多了，我觉得我现在可以吃下一头牛。"

"不可以，你现在还只能吃半流质饮食。"吴军一本正经地摆摆手，拿出今天的化验结果递给梁医生看，"杨小贝的血常规出现异常，尤其是血小板，已经降低到正常低限的 1/3。"

梁医生接过化验单看了几眼，声音有些低沉："白细胞也有点儿低，注意密切监测，如果进一步下降，就需要使用集落刺激因子。血小板下降确实很明显，今天开始用上促血小板生成素，如果继续下降，很可能需要输注血小板。"

"好的。"吴军在本子上记了几笔，抬头接着对杨小贝说，"你这几天不能吃硬的东西，还要注意避免磕碰，如果身上出现瘀青，要及时告诉我。"

"等我康复出院了，我要找苏师姐，告诉她吴师兄真的不会安慰人。"杨小贝吐了吐舌头。

"你小心点儿，不要咬到舌头了。"吴军着急地晃动了两下肩膀。

查房队伍里发出一阵笑声，前几天和大家都有说有笑的梁医生并没有跟着笑，他又叮嘱了杨小贝几句，带着住院医们走出了病房。

到了第三间病房，吴军看到了梁医生的父亲，老先生同样刚刚经历了化疗，身体很虚弱，今天的血常规也出现了明显异常，老先生粒细胞缺乏，伴随发热，他的血小板降得比杨小贝的数值还要低，夜班医生汇报说，昨天晚上老先生不小心咬破了自己的嘴唇，花了好长时间才止住血。

"我想申请输注血小板，遗憾的是，最近血库非常缺 A 型 Rh 阴性血小板。"值班住院医接着说。

梁医生点点头，叮嘱了一些注意事项，又握了握父亲的手，走出了病房。

在回办公室的路上，值班医生在吴军身边小声说："梁医生非常孝顺。昨天血库的医生告诉我，最近中心血库部分血型告急，正在鼓励家属献血互助，在这次化疗前，他主动到血库献了一次血，希望能及时为父亲争取到血源，但昨晚血库还是调不到相同的血型。"

"怪不得梁医生今天看起来有些低沉。"

回到办公室，吴军默默重新核对了一遍杨小贝的血型，惊讶地发现她也是 A 型 Rh 阴性，心里咯噔一下：糟糕，一开始光顾着想如何治疗师妹的病情，没太留意她的特殊血型，现阶段血库没有充足的备血，希望杨小贝能够顺利度过化疗后的这段时间。

接下来的两天，大家都关注着梁老先生和杨小贝的状况。好消息是，经过集落刺激因子的治疗，梁老先生和杨小贝的白细胞都回升了，梁老先生的体温也开始恢复正常；坏消息是，虽然不算很明显，但两个人的血小板还是在慢慢下降。

周六这天，轮到吴军值班。刚一接班，他快速在病房看了一圈病人，又打开电脑查看每个病人新的化验结果。

他的目光停留在梁老先生和杨小贝的血常规上，两个人的血小板数值都降低到了极度危险的个位数！血小板降低到这个程度，自发性出血的风险将大大增加，如果发生脑出血，那就可能是致命性的。

输血！需要快点儿输血！吴军赶忙拨通输血科的电话。

"这里是血液科，有两个病人血小板数值极低，需要两份 A 型 Rh 阴性血小板。"

"稍等。"输血科的值班医生核查片刻，"很抱歉，目前只有一份 A 型 Rh 阴性血小板。"

吴军提着电话听筒的右手僵在半空中，他的胸口突然好像压了一块千斤巨石般喘不上气，他用左手掐了掐右胳膊，稳住声音说："先把这一份送到血液科。"

放下电话，吴军愣了一小会儿。随即，他快步走进梁老先生的房间，仔细检查了一遍老人家身上的皮肤，老先生的膝盖部位可见一片直径 5cm 左右的瘀青，老先生见状不好意思地说是自己昨天上厕所时不小心磕到的。紧接着，吴军又三步并作两步地走到杨小贝的病房，杨小贝正躺在病床上恬静地睡着，丝毫没有被惊醒，她乌黑的长发平铺在雪白的床单上，泼洒出一幅静谧的水墨画。

他突然记起杨小贝昨天问他："化疗后，我的头发要多久会开始脱落？"那时，他抿了抿嘴，并没有回答。

"师兄，我住院快半个月了，我的同学昨天都在校园拍毕业照了。我想趁头发还在，早点儿出院去拍些照片。"杨小贝的声音有些哽咽。

"我答应你，等血小板再涨上来一些就带你出去拍毕业照。"吴军不假思索地许诺。

现在，这仅有的一份血小板，应该给谁使用？

返回办公室，吴军拨打了梁松雨医生的电话，在点击拨打按键的时候，他的手指犹豫中带着颤抖，电话里，他向梁医生汇报了两位病人的病情，以及血库的现状。

电话的另一头沉默了几秒钟，随即传来梁医生平静的声音："把血小板输给杨小贝，我一会儿去医院看看情况。"

挂电话的时候，吴军的心情变得更加沉重，他稍微平静了一小会儿，在电脑上开出给杨小贝输注血小板的医嘱。

半小时后，那一袋 A 型 Rh 阴性血小板开始一点一滴地输入杨小贝的身体。这几天，杨小贝显得格外疲惫，毕竟，她的身体里，化疗药还在和癌细胞激烈地厮

杀，在护士核对输液信息时，杨小贝答应了几声，伸出
胳膊扎上针后又很快睡着了。

没过一会儿，梁医生来到医院，他和吴军一起到
病床边查看了杨小贝的状况。杨小贝睡得很安详，像极
了一个普普通通的在周末清晨的宿舍里睡懒觉的大学女
生，在这难得的甜睡中，不知道杨小贝会梦见什么，她
会不会梦见她渴望的毕业典礼、喜欢的音乐，以及咏唱
的《天空之城》呢？

他们又去了梁老先生的病房，梁松雨医生坦诚地
和父亲说明了他极度降低的血小板，以及刚才输血的决
定，他交代父亲在输血之前务必万事小心，一定要注意
避免磕碰。

"儿子，你做得对。当然应该先帮助那个年轻的孩
子。"梁老先生慈爱的脸上露出宽慰的微笑。

"梁医生，实在抱歉，您父亲那边……"迈出梁老
先生病房的时候，吴军和梁松雨医生说。

"没事，我想你和其他住院医大概都知道了，A型
Rh阴性的血型很少，而我恰好就是这样的人。这一次
中心血库告急，我想到提前献血给父亲备用，没想到恰
巧帮助到了年轻的师妹。我今天来医院，就是准备再去
血库备血，他们已经同意在紧急情况下可以把我的血直
接输给我父亲。"梁医生说得似乎很轻松，但吴军知道，

现在距离他上一次献血还不到两周。

"您，您多注意营养。"吴军一时语塞，突然吐出这么一句。

"你师妹说得对，你似乎不太会安慰人。"梁医生久违地放松一笑，"我要去血库献血了，病房交给你了，我父亲也交给你了。"

目送梁松雨医生慢慢远去的背影，盘转在吴军脑海里那个尚未成型的拉普达星球天空之城的故事突然有了完整的梗概。

在那个没有讲完的冒险故事里，希达和爷爷朝着天空之城的方向，往龙卷风里纵身一跃，他们在那个重力变得杂乱无章的狂风世界里碰撞着、颠簸着、飘荡着，他们遍体鳞伤，身上布满瘀青，但依然咬牙坚持着，因为只要一抬头，就可以看到在龙卷风的正中间，有一片平静的亮光，微弱中带着坚定——那，应该就是传说中的天空之城。

这一天，那片亮光中飘来一位骑着飞行石的男子："我在龙卷风里探测到生命的迹象，过来查看发现了你们，已经好久没有地底的人敢冒险穿越龙卷风了，我可以用飞行石帮助你们穿过这片疾风，但一次只能载一个人……"

爷爷把希达推上飞行石："孩子，当然是你先去。"

"爷爷，保护好自己。我们天空之城见……"护目镜中，充满了希达的眼泪。

"希达，你的名字里，就有着必然到达的希望啊。"看着那枚渐渐驶往亮光的飞行石，在狂风中继续飘荡着的爷爷舒了一口气。

幸运的是，第二天，梁老先生也输上了来自自己儿子的血小板。几天后，梁老先生和杨小贝在经历了这一程化疗后身体都逐步恢复，可以出院了。杨小贝知道了这次输血的事情，在护士台办理出院手续时，她对梁老先生莞尔一笑。

"出院后有什么打算？"吴军问道。

"师兄你答应过我的呀，帮我补拍毕业照。"杨小贝低头捋了一下长发，伤感的语气中带着平淡，"早晨起来，我看到枕头上头发已经开始掉了。"

"好的。"

杨小贝还是有些虚弱。中午时分，吴军用轮椅推着杨小贝到了医院和医学院之间的那条小径。

没有穿黑红交错的博士毕业服，杨小贝穿着一身雪白的长裙从轮椅上站了起来，她摘掉口罩，呼吸了一口新鲜空气，抬头看着从树叶的间隙中洒下的阳光，一头长发舒展地搭在她的肩头，她侧过身来，微微一笑。

"这样可以吗？"杨小贝稍稍一挺身，优雅地站定。

吴军举着照相机"咔嚓"几声，镜头里的杨小贝像极了一年前在舞台上的那位公主。

"师兄，毕业后这段时间的治疗，我就当是给自己放一个长假，等我治疗完成，会再从这条路走进医院，努力成为像师兄一样合格的住院医。"杨小贝自信地仰起头，"我好想在这里唱首歌。"

"我很愿意当听众。"吴军打开相机的录像模式，拨动两下镜头对准师妹。

空灵而优美的歌声打破了夏日午时的慵懒宁静，穿过树的枝梢，伴着阳光飞舞。

"世界不停转动

伴随着你，伴着我们

直到我们重逢的那天……"

千与千寻

时隔一年，"暑假"对我而言，已经变成了一个既熟悉又陌生的字眼。

从医学生到医生的蜕变已经在不经意间完成，我的生活不再有长假期的分割。学生时代的生活，宛如一场生动的球赛，我们和彼此相熟的朋友聚在一起，经历了欢乐而又激烈的赛事后，在寒假里中场调整，在暑假里安心休养，准备下一个赛季。职业生涯好像是一场长跑，一个人沿着四百米跑道孤独地跑着，跨过一圈的终点，又马上进入下一圈的起点，虽然偶尔会和相熟的朋友打个照面，但更多的时候，孤独本身就是这场长跑的意义。

米梦安还在生活里继续着生动的球赛，中央戏剧学院刚一放暑假，就三天两头地来找我和她的妹妹米梦妮。

"嘿，君浩你能不能请个假，计划一次旅行？还有梦妮，你要不要也请假回家休息一下？"

"我现在转的科要到这个月底结束。转科一半突然请假，排班的总值班会认为我很不地道的。"下了班，我在医院食堂和双胞胎姐妹一起吃饭。

"不可能吧。你们这么大的医院，肯定不会缺几个医生干活呀。"米梦安挑起一筷子油泼面送到嘴里，"你们食堂这个面做得挺好吃的。"

"姐姐，我在八月份请了一周假，到时候我会回去看父母的。"米梦妮细嚼慢咽着一块比萨。

"八月份呀！那我提前回家了也没人陪我玩。不行，君浩，你七月份能不能请假，陪我去趟什么地方玩？"米梦安一使劲儿，一条油泼面溅到了白色的上衣领口，我抽了一张纸巾递给她。

"帮我擦——"，米梦安不接纸巾，身体往我这边靠了靠。

帮米梦安擦完领口，我不好意思地埋下头，顺势掏出手机看了一下日程："我可以试试在转完这个科室后请假，但怎么也得到7月份的最后一周了。"

"啊，还有两周多的时间啊。"米梦安不满地瞄了我一眼。

"要不你先出去玩一趟，到7月底我再去找你。"我不假思索地应道。

"程君浩，我跟你说呀，在我们学校，可是有好多帅哥想约我出去旅游呢，我真要和他们一起出去了，你可别后悔。"米梦安白了我一眼，坐在对面的米梦妮扑哧地笑出声。

话虽这么说，在接下来的两周，米梦安很用心地做了一份重庆旅行攻略，计划着旅行结束回趟她的家乡宁波。

"见一下我父母吧？"

"这么快吗？"

"不可以吗？"

……

在旅行方面，我是彻底的外行，而米梦安则事无巨细地安排好了每日的行程、住宿的酒店，以及当地的美食和观光景点，她把林林总总的信息在笔记本上一一标记，当我看到厚厚的一小沓记录，以及她提前整理好的行李箱，顿时感到无比放心和舒心。

我开始憧憬这场旅行，我和女朋友的第一次旅行。

七月底的这一天终于到来，我拥有了十天假期，米梦安安排了七天重庆游，三天回宁波看望父母。

假期的第一天，米梦安精心安排的行程就被打乱了。

出行那天，我下了夜班直接赶赴机场，当我喘着粗气拖着行李箱到达约定的地点时，米梦安正靠在一个硕大的行李箱上，神情略有些不安地等待着。

"快，马上就要登机啦。"

上了飞机没多久，一夜没合眼的我就睡着了。这困

意缠着我，下了飞机上了出租车，我又睡了一路。下了
出租车到酒店办理完入住，困意依旧跟随着我，米梦安
和我说等她简单梳理一下就出门，但就在她在卫生间打
扮的时候，我的脑袋一沾枕头，再一次不争气地睡着了。

等我睁开眼时，突然看到米梦安搬了张椅子坐在床
前，正趴在床边和我对望。

我一激灵挺起身："啊，对不起，我睡了多久了？"

"一下午。"米梦安神情中带着委屈，站起身来，
"我一整个下午的安排都泡汤了……"

尽管米梦安和米梦妮长得很像，但两人的穿衣风格
很不一样，除了白大衣，米梦妮平日的装束基本上是简
单的纯色衣裤，而米梦安总能变着花样打扮自己，时而
活泼，时而深沉，时而温婉，时而火辣。今天，米梦安
换上了一套红白相间的休闲套装，胸前别着我在她生日
时送的胸针，衬衣的衣角在腰间打成一个小结，显得格
外干练，她的头上架着一副墨镜，刚才正戴着耳机轻松
地听着音乐。

她摘掉耳机和墨镜："你看，我们现在出去，都用
不着戴墨镜了。"

"啊，抱歉，我们马上出去玩。"我起身轻轻拍着
米梦安的脑袋，就在此时，我的肚子响起"咕咕"声，

"呃——我们要不要先吃点儿什么？"

"早就帮你想到了。"米梦安从床头柜里取出旅行笔记本，拿起笔画了一道，"我们去洪崖洞吃饭。唉，再见了，白象居，我们原本要在下午见面的……"

不多时，出租车把我们送到山城的嘉陵江边，下了车，眼前便是著名的观景点——城市阳台。此时已是日暮，站在城市阳台边，倚栏远眺，映入眼帘的是滚滚东流的嘉陵江，江水浸泡出落日的颜色，随着波浪的起伏舒缓地律动，再往下看，长长的滨江路宛如一条清逸的飘带，不真实地围绕着这座山城，路上的车流演绎着紧张而有序的律动。嘉陵江和滨江路延伸到远方，我和米梦安伴着夏日傍晚的江风，在城市阳台静静地伫立着，把这座城市的美景尽收眼底。

我和米梦安在夏日傍晚的江风中站着。这期间，没有华丽的辞藻，也无须场景的解说，我们全程就只感叹着："哇，好看""哇，好美"——生活中的一地鸡毛和各种烦恼，在那一刻通通都被吹散在江风里，融化在夕阳中。

"还有好吃的呢！已经饿坏了吧？"米梦安说着，和我乘电梯到了四层的美食一条街。

电梯门打开，夜晚的灯光点亮，这座折叠的城市，将最美的一面在我们眼前完全打开。夜色中的灯光，勾勒出层层阁楼的外形，如梦，如幻，如醉。川流的人群中，孩子们的手里拿着冰糖葫芦、麻辣肉串，大人手上端着热气腾腾的酸辣粉，吃着具有浓郁山城特色的豆腐脑和川北凉粉。

"接下来，我们就一路上边走边吃。"米梦安开心地笑着，蹦跳着在街边买了一碟普普通通的红糖糍粑，刚出锅的糍粑被捞起，搁在一个缺了好几个小口的搪瓷碗中，冒着热气，却像等了有足足一辈子那么久。我用牙签扎起糍粑，一口咬下去，竟是意外的酥脆，咽下去，嘴里还有甜丝丝的回香。

"好吃！"我不住地点头。

"攻略上说，这里特别像《千与千寻》里的不可思议之街，亲眼看到，我觉得比攻略上的描述还更胜一筹呢！"米梦安兴奋地喊着，她从背包里掏出一个兔子面具戴上，"帮我拍张照片。"

"为什么要戴上面具？"我拿出手机对着米梦安拍照。

"天哪，我的医生，你有没有看过《千与千寻》啊？"镜头里的米梦安微微地侧身仰头，伸在空中的手腕垂向自己的面具，曼妙的曲线勾勒出妩媚的身姿。

我按下快门的时候看得有些发呆，放下手机，我打开相册继续翻看刚才的照片，米梦安蹦跳着凑了过来：

"给我看看，你说，和路上的重庆女生比，我是不是也很漂亮？"

我使劲儿地点头，连"嗯"了好几声，米梦安依旧藏在那副兔子面具后，此时她脸上的神情不知是得意还是娇羞。

看着看着，我突然一个激灵，然后不断放大照片仔细查看：就在刚才拍照时，米梦安身后一个穿蓝色衬衫的中年男性正捂着胸口，脸上的表情看上去似乎很痛苦。我抬头望向前方，寻找着镜头里的那位男性。

"怎么了？"米梦安掀开面具，好奇地看着我。

"帮我找这个人。"我指了指照片。

米梦安看了一眼就明白了，她瞪大眼睛朝着刚才拍照的方向寻找，突然，她一手指着前方喊了句"那里！"，另一手丢掉面具，牵着我往前疾行。

果然，前方大约 30 米的地方，我见到一个和照片中男性衣着类似的身影，他体型偏胖，正靠在街边的一根柱子上，身体半蹲着，弓着背，全身的重量都压在脚底那双看上去已经饱经风霜的旧皮鞋上。

我和米梦安在潮水般川流的人群里穿梭，快要靠近那个男性时，他突然往前一跪，然后直挺挺地倒在地上，周围的人群惊叫一声，齐刷刷地闪开，紧接着又围成一圈。

一时间，我的心脏都要跟着跳出来了。没想到，在我的生活里竟然出现了电影中才有的情节——医院外，一个人在我面前倒下，而我，是距离他最近的医生，有可能还是现场唯一的医生！

我长吸一口气，在心里对自己说："不要慌！不要慌！先上前评估一下情况！"

"大家让一下，我是医生，我来检查一下。"拨开人群，我和米梦安挤到那位先生身边。

"先生，你怎么样了？"我上前翻正那位先生的身体，拍打着他的肩部，使劲儿地呼喊。

先生的身体随着我的拍打而晃动，但没有发出任何声响，刚才倒地时，他的额头磕出一块血迹。

我伸手触摸那位先生颈动脉搏动的位置，1秒、2秒、3秒……当我数到7时，依然没有感受到颈动脉的搏动，我的耳朵同时靠近先生的鼻子，眼睛盯着他的胸廓，却感受不到任何气息。

"没有心跳！没有呼吸！"我大声喊道，我的脑中闪过一个念头——阿-斯综合征！回想之下，刚才这个病人捂住胸口时极有可能是心肌梗死发作，倒地时发生了心源性猝死！

"快拨打 120! 喊保安过来! 拿 AED[①]! " 我对着米梦安喊道，她的双眼写满了慌张和无措，一时间没有反应，我扭头对着围观的人群又喊了一遍。

"什么是 AED ？" 窸窸窣窣的，人群中传来一阵响声。

"自动体外除颤器，喊保安时让他带过来! "

人群里不乏热心肠的人，惊慌过后，他们渐次开始反应过来，"我拨打了 120! ""我去喊保安! ""我看看有没有 AED! " 其他围观的人则掏出手机拍照和录像。

我顾不上那么多，跪在病人身体一侧，开始解开他的衬衫，暴露出胸廓，把双手交叉互扣，掌跟按住他两乳头连线的正中，一字形重叠，嘴里喊道："开始心肺复苏! "

"大家放下手机，不要拍照! 涉及病人隐私! " 此时，米梦安的慌张和无措已经收敛，她的语气中充满了坚定和诚恳，"大家有谁学过急救吗？ 过来搭把手! "

一片寂静。只有我一边按压，嘴里一边数着："……17，18，19，20……"

米梦安在我对面弯下腰，仔细地看着我的动作，小

---

① AED：即自动体外除颤器。

声地对我说："是不是还要做人工呼吸？"

我点点头，嘴里继续数着："27，28，29……"

在医院里抢救病人时，气道通气采用的是简易呼吸器，从来没有做过口对口人工呼吸，唉，偏偏这里连一块干净的纱布都没有……

我手上的按压动作不停歇，心里有些嘀咕地看了看躺在地上的病人。

他长着一张饱经沧桑的脸，皮肤黝黑，在周围并不亮堂的灯光照射下，本已失去血色的脸显得更加枯槁，岁月在他的额头嵌入几道皱纹，现在看上去，像一根根枯萎的老树枝。

顾不上那么多了，我该开始做人工呼吸了。我深吸一口气——

只听"嘶"的一声，米梦安解开别在腰间的衬衣衣角，取下胸针一划，顺势撕出一条，对折一下递给我："我看电视上，人工呼吸的时候是要垫上一块布的吧？"

真有你的！我心里来不及道谢，赶忙把衣料放在病人的嘴上，抬起他的下颌，用大拇指和示指捏住他的鼻子，深吸一口气，对着他的嘴大口吐出。

一次，两次，然后继续转头开始胸外按压：一下，两下，三下，四下……

如此往复几次，我的额头上冒出豆大的汗珠，米梦安蹲在我对面，用手抹去我的汗水，我喘着粗气，继续数着按压的次数，保持既有的节奏。

在标准的心肺复苏流程中，为了保证胸外按压的有效性，通常在数轮按压后需要换一个人操作。但在此时此刻，居然只有我一个医生！我的内心无比盼望着救兵的到来，心里念叨着：保安快要带着 AED 来了吗？120 快到了吗？

重庆的夏日夜晚，在略显闷热的闹市街头，短短几分钟的心肺复苏过后，我的衣服已经被汗水浸湿了。

我机械地给病人又做了两次人工呼吸，准备开始新一轮的胸外按压，然而双手已经有一些微微颤抖了：糟糕，力气不够了。在医院里，我们被反复教导过：无效的胸外按压就是在做无用功。想到这里，我突然有一种正蒙着眼睛在悬崖边跳舞的紧张和无助。

意想不到的是，米梦安"嗖"地一下在我的对面麻利地跪下，她弯曲上身，双臂垂直，学着我的样子，双手掌根交叉，放在病人胸骨的中下部按压起来，嘴里数着："1，2，3，4……"

我原本打算打断米梦安，直接接手胸外按压，但我迟疑了一下，侧着脑袋检查一番病人的胸廓起伏——米梦安的胸外按压看着不像是初学者，按压的节奏是对的，每一次按压的深度也能恰好达到 5~6 厘米的要求。

在我的对面，米梦安专心致志地按压着，她的长发散落在肩头，伴随着每一次按压飘动着，没想到，她纤细的双臂蕴藏着饱满而温情的能量，我稍微活动一下自己有些僵直的身躯，一起帮米梦安数着节奏："28，29，30！"

数到了 30，米梦安停顿，我又给病人做了两次人工呼吸。

如此四轮过后，米梦安感到劳累，她主动和我交换了角色，我再度接手胸外按压，米梦安则到了病人的头侧，在我完成一轮胸外按压后，她也毫不犹豫地埋下头，抬起病人的下颌，学着我的样子给病人做了两次人工呼吸。

此时我眼中的米梦安，在重庆的夜晚里，发着光。

这时，人们喊来了保安，遗憾的是，保安告诉我这附近没有所谓的 AED。我心里默默叹息着：看来，在大流量的公共场所配备 AED 还是任重而道远啊。但此时，我和米梦安顾不上那么多，继续着胸外按压的动作，间或和保安搭几句话。

又过了两三分钟，我重新检查了病人的颈动脉，惊喜地发现出现了搏动，在他的鼻子边上，也能感受到轻微但又肯定的呼吸。就在这时，围观的人群中传来一阵骚动，随即让出一条道路，不远处，三名120急救人员抬着担架一路小跑过来——看到这，我彻底长舒了一口气。

　　两名急救人员到了跟前，迅速接手了我们的工作，他们给病人连上心电图导联，开启了心电监护，屏幕上明确显示出一串串令人兴奋的搏动。那一瞬间，我感到刚才所做的一切都是值得的，身边的米梦安虽然看不懂心电图，但她看到屏幕上的图形，听到机器规律的滴答声，眼里也闪动着温柔的光芒。

　　两名急救人员麻利地检查完生命体征，就把病人抬上担架。第三名急救人员向我询问刚才的急救过程，我专业地描述了刚才的情况。

　　"你们是哪家医院的？"临行前，120急救人员问道。

　　"熙和医院。"我整理了一下略有些凌乱的衣服，自豪地说。

　　"不愧是熙和！做得漂亮！"急救人员对我和米梦安竖起大拇指。

围观的人群里也响起一阵赞美声："做得好，年轻人！""太棒了！"不多久，人群慢慢散开，融入美食街熙熙攘攘的人流里。洪崖洞也恢复了往日的夜间景象，美轮美奂得像一个不可思议的世界。

我和米梦安依旧站在原地，我的手还有些发麻，自然而然地，我的一只手滑到米梦安的腰间，米梦安的呼吸有些快，我的指尖感到她温热的体温。

我扭过头，看到米梦安也在看着我，她梳理整齐的头发已经散乱，几缕青丝在她的眼前随风飘动。

"你刚才的按压动作挺标准的，以前学过心肺复苏吗？"

"呵呵，并没有啊，但你别忘了我是中央戏剧学院的，观察细节并模仿是我的强项。"米梦安将头靠在我的肩膀，用手梳理了两下头发，"走，我们一路开吃去。"

正撒娇着，米梦安突然一句"天啊"从我身边跳开，她低头看看自己的上衣，刚才情急之下衣服的下摆被她撕了一小截儿，现在两侧的下摆一长一短。

她抓起下摆往上一提，在更高的位置打了个结，对我娇俏地一笑："现在，衬衫变成了露脐装，我这样穿没问题吧？"

我笑嘻嘻地点点头。

"像刚才那样搂住我。"米梦安把我的手放在她的腰间，"嘿，君浩，你要买一件衣服赔给我！"

"好呀，你说什么我都答应。"在共同经历了这场惊心动魄的急救之后，我的身体感到十分疲惫，但精神却异常兴奋，我搂着米梦安，微风拂过，我闻到在她发丝中清香的洗发水味道里夹杂着淡淡的汗香。

我们缓步走到最近的一个摊位边，米梦安凑近一盘刚出炉的章鱼小丸子说："真香！老板，这个来一份。"

胖乎乎的摊主眯着眼笑着："这个呀，我送给你们俩，刚才我全都看到了，你们真是好样的！"

"好呀！"米梦安接过章鱼小丸子立刻尝了一口，"好好吃！老板的手艺真好，我男朋友胃口很大很大的，能不能再送一份？"

"没问题。"

"老板，街上好多漂亮的女生都喝鲜榨果汁，我看你们家也有，你看我身上出了好多汗，要不要再喝点儿果汁保养一下？"米梦安露出迷人的微笑，对着摊主眨了几下眼睛。

"你呀，真是个小精灵鬼。"摊主愉快地又递给我们两瓶果汁。

我们一路吃着美食，有说有笑，在这场旅行的第一晚，开心得像孩子一样。

"梦安，我们在洪崖洞吃完东西，下一站去哪里啊？"我肚子吃得好撑，还一路上笑饱了肚子。

"本来我在旅行笔记本上写的是去解放碑，但已经不重要了。"

"对不起啊，是又耽误了时间已经太晚了吗？"我轻轻拨了一下米梦安额前的头发。

米梦安轻轻摇了摇头，突然深情地看着我的眼睛："不是的，今晚去哪里不重要了，明天去哪里不重要了，我做的旅行攻略也不重要了。"

"啊？什么意思？"

"你知道，我很喜欢旅行，喜欢到处走、到处逛的感觉，和你旅行的第一天，却冒出了这么多意外，但我感到特别幸福。我突然觉得，去哪里都好，你在我身边，就好。"

我抚摸了两下米梦安的额头："那我们就慢慢地走走逛逛，多花些时间感受这座城市。我刚才也有强烈的感觉，有你在我身边，就很好。"

"如果没逛够，我们也不用匆忙赶回宁波了。"

"不按计划见你父母了吗？"

"不着急啊。如果你的计划里有我，晚一点儿也没关系。"

重庆夏日的洪崖洞，没日没夜的喧嚣近在咫尺，但在我和米梦安的耳朵里，外面的世界一下子变得寂静无声，我轻轻贴近米梦安，紧紧拥住她，在这条不可思议之街的千与千寻世界里，我们亲吻了好久。

如诗般朦胧和坚定

转眼又到了一年的秋天。去年此时，我刚到熙和医院不久，带着一身的青涩，只顾着绷紧神经在临床拼命，却未能体会到秋天是北京最美的季节。

立秋过后，天气变得分明起来。天挑得格外高，空中的云飘得格外安逸。气温变得微凉，医院里，医生们把短袖白大衣换成了长袖，街面上，姑娘们也换下了飘逸的长裙，穿上了优雅利落的风衣。树上的叶子渐渐变黄，我踏着自行车在长安街上从东出发到熙和西院区，脸上已经没有了一年前赶班车往返东西院区时的困顿和拘谨。秋风拂面，树叶沙沙作响，伴随着自行车轱辘细微的滴答声，在我的耳里有层次地打开，又融合成一首动听的交响乐。

这是初秋的北京，这两个月，我和米梦妮在西院消化科轮转。

自从米梦安成了我的女朋友，米梦妮开始称我为"姐夫"，一开始还带着点儿玩笑的意味，后来就变成了习惯。我第一次听她这么叫我时，正好是我们三人在医院食堂里点菜，一句清脆的"姐夫"之后，我发现身边几个同事正看着我，我嗓子里突然像含了一块干馒头，含糊地应了一声，反倒是米梦安大方地挽起我的胳膊。现在，听到米梦妮这么叫我，我已经习以为常了。

"姐夫，上次我们一起轮转，还是大半年前的事情吧。"赶到西院消化科，在医生休息室里放外衣时米梦妮对我说。转科前我们约好，私下里这么称呼就好，到了正式的工作场合，还是要称呼对方的名字。

"是呀，时间过得真快。"我换上了白大衣，"听说你昨天收了一个挺复杂的病人，是个作家，而她爱人还是一个在国内挺有名气的诗人？"

"是的。昨天问诊的时候，我就感到一股浓浓的文艺气息扑面而来。"米梦妮换完白大衣，和我一起走到办公室，开始当天的早交班和查房。

消化系统疾病的患病率高，住院需求大。熙和医院的消化科名声在外，自然是一个床位周转很快的科室，每天有大量需要内镜操作的病人办理住院和出院，在极端情况下，同一张床位在上下午能分别住着两名病人。但是，除了这些常规操作外，消化科还会收治一类疑难病人，这些病人往往几经波折，辗转多家医院，最终来到这里——疑难病症的"最后一站"。

"我们消化科的特点是战线非常长。"查房时，消化科主治医师郑文弘再度强调说，"从口腔到肛门，都是我们的战场，除此之外，还有肝脏、胆囊、胰腺、脾脏等重要的腹腔脏器，无论是临床表现还是化验指标，需要仔细甄别的内容非常多，有时候看似不起眼的一个体征或指标，可能恰恰是解开临床谜团的钥匙。"

"深有体会。"米梦妮点了点头,"我昨天收的那个病人就是这样,有好多脏器出现了奇怪的问题,但我现在还没有找到那把解开谜团的钥匙。"

"是那位叫许依诺的作家吗?我之前读过她的小说,文笔很好。"郑文弘医生应道。

"是的。她的爱人麦乐是位诗人,我查了一下,是国内文坛新一代的杰出代表,两个人在土耳其周游时相识,一起写下名篇《星夜和我漂浮在欧亚大陆桥上》,被誉为当代文坛的金童玉女。"

"不错,你连这个背景都查到了,想必问诊也一定非常详细。"郑文弘医生微笑着说。

米梦妮开始汇报许依诺的病历。

"许依诺,女性,37 岁,因'皮肤、巩膜黄染、体重减轻 2 个月'入院,两个月前,当许女士第一次察觉到自己的皮肤和巩膜变黄时,体重已经消瘦了一些。当时,她的爱人麦乐正在日本出差,通话时还打趣说是她最近光顾着减肥,天天喝胡萝卜汁造成的。但很快,他们俩都感觉到了不太对劲儿,半个月后,许依诺的面色没有任何好转,还间断出现了上腹胀痛和发热。麦乐赶回国内,陪许依诺去了当地医院,检查发现转氨酶和胆红素全面升高,CT 提示肝左外叶低密度占位,伴随着腹腔内和腹膜后多发淋巴结肿大,MRI 发现胆总管上段扩张，肝内外胆管轻度扩张，胰头部有一处不算太明显的占位性病变。当地医院考虑为'原发性肝癌'，但穿刺活检后并没有见到明确的肿瘤细胞，仅提示慢性炎症。针对发热，当地医院采用了广谱抗生素治疗，但效果似乎并不理想。两人上周来到熙和医院，在门诊做了腹部超声和超声造影，结果回报'胆管细胞癌伴胆管扩张'。紧接着，就来消化科住院了。许依诺本来就不胖，自起病以来胃口更差了，小便色黄，体重下降了大约 7 千克，人显得更加清瘦了。"

"你的病历汇报挺简练，条理也算清晰，整理了这些资料后，你有什么想法吗？"郑文弘医生一边听，一边举着外院的 CT 片仔细看着。

"许依诺一开始就诊的医院是当地一家有名的三甲医院，影像诊断水平很高，我仔细看了之前那张 CT 片，肝内低密度肿物的样子的确很像肿瘤，病人还伴发淋巴结肿大，以及胸腹腔积液，但穿刺病理结果否定了这一结论。咱们医院超声科水平也很高，根据结果又拟诊了另外一种肿瘤。现在，我心里嘀咕的是病人胰腺那一处可疑占位，从影像学来看真的还是不能排除肿瘤。"米梦妮移到郑文弘医生身后，伸手指着 CT 片上的胰腺位置。

郑文弘医生点点头："你说得没错，从影像学表现来看，这几个地方都像是肿瘤，但没有人会在短时间内长出三处肿瘤，这几处异常的背后很可能隐藏着其他疾病。"

"是的，我也一直在想这个问题。"米梦妮打开手头的笔记本，"在许依诺身上，我找不出肝胆疾病的高危因素，她没有肿瘤家族史，不吸烟、不饮酒，生活很规律，没有其他不良嗜好，每天除了吃饭、睡觉，就是写作或进行一些简单运动。除此之外，她没有乙肝、丙肝这样的慢性肝炎病史，当然，入院后我也为她安排了诸如 EB 病毒和巨细胞病毒等嗜肝病毒检查，不过，这些项目真的就是筛查而已，我并没有找到更充足的依据。"

"病人有明显的消耗症状，肿瘤、慢性感染和免疫性疾病是需要重点考虑的。肿瘤方面，我们依然需要排查；感染方面，你完善慢性感染的筛查也不为过；最后，在免疫性疾病方面，你问到其他有价值的症状或体征了吗？"

"我很仔细地问过了，许女士没有皮疹、光过敏、关节痛等一系列症状，脏器受累集中在消化系统，在入院检查中我为她安排了抗核抗体、补体、免疫球蛋白、自身免疫性肝炎抗体等一系列检查。"米梦妮回答着，略有些不自信地摸了一下自己的鼻尖，"我感觉目前的诊断思路不够聚焦，这些免疫相关的检查也只是筛查。"

郑文弘医生又仔细地看了一遍许依诺的外院检查资料，闭上眼睛想了一小会儿："说实在话，我也没有很完整的思路，但你能做的，是充分观察病人的病情变化，抓住每一个看似微不足道的细节，充分分析每一份化验和检查。我接下来计划取组织活检，看看之前超声判断的胆管肿瘤究竟是不是真实存在的。"

"郑医生，从你的经验判断，像是肿瘤吗？"米梦妮心想，消化科医生往往是"实干家"，郑医生之前就说过，相比于反复推理和判断，他更喜欢用一锤定音的组织病理来"说话"，果不其然，他很快就会应用消化科的独门"武器"——各式消化内镜了。

"影像学上有肿瘤的特点，但我觉得没有那么简单，不管是什么，病理为王。"郑文弘医生合上病历夹，"我们去看一下病人，真想了解一下这对文人夫妇在经历了从怀疑肿瘤到否定肿瘤，再到怀疑另一种肿瘤的起伏后，是一种怎样的心情……"

诗人有自己独特而纤细的情感抒发。一会儿，我们看病人的时候，都不用问什么，诗人麦乐就递给我们一本精美的小册子，说他把这段时间的心情写成了诗。

"医生，请帮帮我们，这段时间的经历，我意识到生命的脆弱，以及我对依诺的深厚感情，我太想维系所有的一切。"麦乐留着一头中长发，举手投足间的确是透着一股帅气的艺术气息。

郑医生接过小册子，翻开扉页，这是两个月前麦乐还在日本出差时写的诗，当时他刚刚得知许依诺出现黄疸的症状，还以为只是小问题。他写道：

"北半球的秋总是类似

美好凝结在短暂的时光

几天后树叶会刹那变黄

漫步在铺满落叶的小径

耳边的秋叶簌簌飘落

心里的思念点点聚集"

再往后翻几页，看到麦乐在忐忑不安中得知许依诺病理检查结果提示非肿瘤的那一天，正值霜降节气，麦乐的心经历了一次过山车般的升降，他写道：

"唇边的一杯水

有深秋的味道

思念随霜而降

水面微波颤动

你等待着等待

直到时光

在杯中细小的波纹里

慢慢安静"

读过这些诗，合上小册子，郑文弘医生捧着将它递给麦乐，像捧着秋天里一片刚从树上飘落的叶子一般。他笑着对这对文人夫妇说："放心吧，医学上的事情交给我们，你们可以继续把心情写成诗。"

双方都是高级知识分子，几句简单的交谈过后，许依诺和麦乐很快就理解了胆道组织活检的必要性和风险，他们很顺畅地签署了知情同意书。

当天下午，郑文弘医生就给许依诺安排了内镜逆行胰胆管造影，我们习惯将其直接称为 ERCP。胃镜、肠镜等一系列内镜操作是消化内科的独门绝技，而 ERCP 又在内镜操作中被誉为"皇冠上的明珠"。几乎每一位熙和医院消化内科医生都能游刃有余地进行胃镜操作，但隔着肚皮就能把一根十二指肠镜在胰管和胆管附近灵活摆弄的医生，整个科室里不过三人。

刚巧，郑文弘医生就是其中一个。

镇静和麻醉过后，郑医生拿起十二指肠镜，顺畅地一路直达十二指肠乳头部，配合着导丝，造影导管轻巧地置入十二指肠乳头开口，显影之下，左肝内胆管和胆总管上段的扩张清晰可见——这提示下端胆管狭窄。接下来，郑医生又做了胰管造影，造影下，胰管显示清晰，从不同角度仔细分辨，胰腺结构大体良好，并没有见到明确的异常。

整个过程看似一气呵成，而操作 ERCP 的难度却好比拿着一根软管戳中停在房间对面墙壁上的一只小飞虫。

"ERCP 尽管名叫'造影'，但目前早已经超越了'造影'的范畴，我现在要把这个胆管撑开。"郑医生一边指着内镜的屏幕对我们讲解，一边麻利地将胆管支架送到狭窄区域。留置胆管支架后再次造影，原先畸形的胆管形态伸出充满生机的小枝丫。

胆管支架留置成功。

我和米梦妮在一旁观看着，脸上满是崇拜的神情。

"还没完呢"，对于郑文弘医生操作内镜有一股拼命三郎劲头这件事，我和米梦妮早就有所耳闻，进行到此刻，郑医生的脸上毫无疲惫，反而充满了兴奋，"接下来，我要做 EST，在胆总管下段部位取活检。"

EST，即内镜乳头括约肌切开术。十二指肠乳头内有一组称为奥迪括约肌的平滑肌，用来控制胆管内胆汁分泌。在平时，奥迪括约肌使得胆总管的开口保持在很小的程度，活检或取石操作时需要把它切开。原本在胆总管内插着一根特别的塑料导管，现在一根细如发丝的金属丝通上高频电流后瞬间变为一把电切刀，郑医生操作着手柄，将这把电切刀放在十二指肠乳头括约肌的一处，顺利切开一道切口，在原先狭窄的胆总管下段完成了组织活检。

"操作完成。"郑文弘医生长长地舒出一口气，"接下来，我们等等活检结果。"

我们一边感叹着现代医学的神奇，一边赞叹着郑医生出神入化的操作技巧。

"一切顺利。我们给许依诺放置了胆管支架，同时也会使用降低胆红素的熊去氧胆酸，如果不出意外，她的黄疸会慢慢消退。"我们出门和麦乐交代病情，麦乐礼貌地对我们鞠了个躬，"另外，我们也取了活检，过几天就能知道病理结果了。"

"万分感谢。"麦乐双手合十，"在依诺瞳中和脸上如秋愁一般的黄色褪去之时，我的心情也会进入等待病理结果的寒冬，但我期待终将会在希望中迎来春天。"

"嗯，所有的事情都会慢慢变好的。"听麦乐说完，刚刚还游刃有余完成 ERCP 的郑医生变得略有些游离，他睁大了眼睛，额头上冒出细小的汗珠。

放置胆管支架后的四五天里，许依诺的胆红素指标果然开始逐步下降，针对发热的情况，我们决定停用抗生素，采用退热药对症处理。随着黄疸减退，发热停止，许依诺的精神状态开始好转。

这天下午，米梦妮拿到了许依诺胆管组织的初步病理报告，她飞快地走进病房准备将结果告诉这对夫妇。在病房里，许依诺正拿着小镜子看着自己的容貌：她的脸色虽然恢复了本来的样子，但在经历了连续数月的疾病之后，依然显得很憔悴。

"当初追求我的时候，你说你喜欢看我的样子，每当看着我的时候，连呼吸里都有我的样子。但生病之后，镜子里的自己变得有点儿陌生了，你——会有同样的感觉吗？"许依诺看着镜子，轻轻地问守在病床边的麦乐。

"我想不会的。"麦乐很认真地看着许依诺，"你走在山中，眼前出现一座小屋。到跟前，屋门敞着，屋内没有灯，隐约可见对面窗台上摆着一盆花，一束光从窗口照进来，暖暖地洒在花上。屋里燃着香，花香和燃香混在空气里，一切透着美好。几步后你移到窗台，惊喜地发现那是盆水仙，白如玉，翠如竹。吸引你的不是水仙，而是屋内的整个氛围。依诺，你知道吗，你给我带来的感觉不会因为一点点的改变而让我不适应。"

米梦妮杵在床尾站着，手里握着病理报告单，不自在地觉得自己要说的话和当前的氛围格格不入。

"麦乐，你说的话让米医生愣住了。"反倒是许依诺淡淡一笑，帮米梦妮打破了尴尬，"米医生手里拿的是病理报告吗？你直接告诉我们结果吧。"

麦乐的表情一下子绷紧起来，他的眼睛不自觉地睁大，嘴角似乎在微微抽动。

"麦先生不要紧张。病理报告显示不是肿瘤。"米梦妮把病理报告单递给麦乐，麦乐长吁出一口气，低头看着报告上的文字描述。

"胆管壁和肝汇管区有大量淋巴细胞和浆细胞浸润以及部分纤维化，纤维化呈现较有规律的条纹，免疫组化……不支持淋巴瘤，考虑慢性炎症改变可能性大，请结合临床。"

除了报告中的一堆英文符号，麦乐把剩下的描述一句不落地读了出来，"谢天谢地，不是什么癌症，也不是那个叫什么——淋巴瘤，但是米医生，这个病理结果是不是意味着原因还是不清楚呢？"

"你说得对。慢性炎症是很多疾病的共性，这份病理报告的确不能推导出具体的疾病。不过，许女士的疾病似乎很急，累及的诸多脏器又很有特点，简简单单地把这种现象归结为'慢性炎症'我心有不甘。"米梦妮叹了口气，"假以时日，我一定要努力弄明白。"

麦乐用一只手把病理报告单递给米梦妮，用另一只手把落到额前的一小撮头发拨到耳后："米医生，不知道我的想法是否妥当，其实，对于我和我的爱人而言，可能并不关心疾病的来龙去脉，而是希望及时接受治疗。看着依诺一天天好转，是我最大的心愿。"

"我理解你的想法，可是，明确的诊断是恰当治疗的基础。"米梦妮接过病理报告单，"我会把目前的情况和你们的想法如实汇报给郑医生，届时我们整个团队会一起讨论治疗方案的。"

"有劳你们了。"许依诺起身，和麦乐一起向米梦妮轻轻鞠躬。

"病理结果是朦胧的，但，是不是尝试治疗的外力可以去伪存真，反倒可以摸索出最有可能是正确的治疗方向呢？"送米梦妮走出病房时，麦乐说道。

到了下午晚查房的时候，米梦妮向郑文弘医生详细汇报了许依诺的最新进展，她还从病理科借来了病理图像，在电脑上打开给我们看，最后，她转述了麦乐和许依诺渴望尝试治疗的想法。

郑文弘医生的眼睛亮了一下，略带赞许地点了点头："作为一名诗人，麦乐平时讲话很朦胧，但思考问题的逻辑还是很清晰的，其实，这也符合很多病人的想法。医生和病人关心的问题多数情况下是一致的，但不可否认，医生更关注'过程正确'，病人更关注'结果正确'。换句话说，即便治疗的过程出现再多波折，只要最终的治疗效果是好的，病人还是会很高兴，但如果总是这样，医生会有疑惑，也会有挫败感。"

"对，我在过去的轮转中也有过这样的经历，尤其是在熙和医院这样疑难杂症聚集的地方。对于部分患者，即便治疗结局满意，可是有可能医生治到最后依然无法弄清楚导致疾病的根本原因。"一个第三年的住院医说，"我还看过一些分析，如果在医疗行为中医生过度关注过程，而病人过度关注结果，就有可能产生医患矛盾。"

"的确有同感。最近听全院的罕见病讨论时，我也常常有这样的疑惑，有些时候，我甚至会想如果稀里糊涂地治好了病，是否就是'真的'治好了病，由于我们对疾病还存疑，在将来的某个时刻，它是否会卷土重来？"说完，米梦妮支起双手托住下颌，陷入思考中。

郑文弘医生微微一笑："其实，我们谈论的本质是'诊断阈'和'治疗阈'，在医疗过程中，医生所干的工作就是不断地把病人的救治过程从'诊断阈'推向'治疗阈'，我认为医生不应该陷在'弄清诊断'的过程中无法自拔，到了一定的时候，就应该把'诊断阈'的

'水龙头'关小一点儿，把'治疗阈'的'水龙头'开大一些。你们先试着说说看，在什么情况下会考虑先治疗后诊断？"

"比如在急诊，病人来院的时候就已经存在呼吸衰竭，这时候就需要先进行气管插管，至于导致呼吸衰竭的原因，要等到把命保住之后再仔细检查。"看到郑文弘医生的眼光落到我身上，我开口先说出了一个答案。

"很好。情况紧急的时候，需要先治疗后诊断。还有什么情况呢？"郑医生还是看着我。

"还有，如果预判病人的病情可能加重，及时干预的获益更大，也是可以先治疗后诊断的。"

"也对。但如果病人的情况显得不那么紧急，你会怎么做呢？就拿许依诺来说，目前在胆管引流后黄疸消退得还不错，但连续几次病理检查都不能得出明确的答案，这时候，你会在什么情况下考虑开展针对病因的治疗呢？"郑医生依然在追问。

"嗯——如果我们穷尽一切手段都没有找到病因，而想要采取的治疗手段不良反应可控，而且获益可能更大，就可以开始尝试治疗了。"我想了想，慢慢地从嘴里挤出这句话。

"非常好，这就是我想听到的答案。医学的第一原则是'不伤害'，在评估治疗时，一定要反复权衡获益和潜在的损害。"郑医生对我点点头，又紧接着把追问的眼神转向米梦妮，"我们都知道在结核的治疗中有一种方法叫作'诊断性抗结核治疗'，也就是说当医生既无法证实也无法否定结核的诊断时，可以使用抗结核药物治疗，如果病人的症状明显改善了，那么就反过来证实了结核的存在。梦妮，按照'不伤害'原则和'诊断性抗结核治疗'的思路，如果实在找不到病因，你会试着给许依诺使用药物治疗吗？"

"如果我没想错的话，郑医生是不是想尝试激素治疗？"米梦妮直起身，又翻阅了一下许依诺的病程记录，"病人相对年轻，有多脏器累及的特点，两次不同部位的病理检查都提示慢性炎症，有淋巴细胞浸润，并且在入院检查中我发现免疫球蛋白异常升高，这些看上去符合免疫性疾病的一些特征。"

"如果使用激素，对于许依诺来说，你会有什么额外的担心吗？"郑医生接二连三的启发式提问让我想起了亚里士多德，促使我们在不断的质疑和思考中逐步理出答案。

米梦妮又想了一小会儿："许女士的病程中出现过发热，在别的医院也好，在我们医院也罢，都考虑过感染的可能性，现症感染是激素使用的一个顾虑，好在入院后她完成了一系列感染项目的检查，结果都是阴性。"

"做得非常好。那么，你现在能权衡一下给许依诺加用激素的利弊吗？"郑医生继续启发着。

"现在，我认为加用激素应该是利大于弊。"米梦妮又轻轻"嗯"了一声，似乎在心里和自己击了一下掌，"尽管目前诊断不算清晰明了，但我们可以把许女士的疾病归结为非感染性炎症性疾病，加用激素就好比'诊断性抗结核治疗'，如果在使用激素之后许女士的病情明显好转，那就说明我们的治疗思路是正确的。我们在治疗之前已经排除了很多风险，即便治疗后获益不明显或出现一些不良反应，及时撤药也不致覆水难收。"

"非常好，你已经说出了我的想法。"郑医生的嘴角大大地咧开，赞许地笑了笑，"这些年来，我一直很感激熙和医院里数不清的罕见病病人们，这些临床经验给我的医疗行为带来了不同寻常的直觉，这种直觉很珍贵，这是你亲眼看过病人，又查阅了无数资料之后形成的一种朦胧又可靠的感觉。这种直觉会带着你绕开弯路，在治疗中选择一条至少看起来还不错的路径。"

"但我还有一个问题，用上激素之后，如果病人情况好转，我还是没有弄清楚病人的真实病因，这个遗憾会不会一直伴随着我？"米梦妮嘟了嘟嘴，又回头盯着屏幕上的病理图像，"都说病理检查是诊断疾病的'金标准'，但面对疑难疾病时，如果病理检查也失效了，应该怎么办？"

郑医生止住微笑，换了一副严肃的表情说："你能问出这样的问题非常棒！其实，我认为病理检查不是诊断疾病的'金标准'，随访才是。尤其是身处熙和医院，对于这些疑难疾病的最终诊断，我们是在不断地追踪随访中慢慢认识到的。你可能会发现许女士的疾病特征鲜明，病理标本也有些特点，但一时半会儿又无法将其归入某一种疾病。怎么办呢？没有关系，你好好追踪病人的治疗效果，不断学习，甚至开展研究，功夫不负有心人，时间会告诉你答案。"

多年之后，日本学者撰文归纳了一组少见的疾病，称为IgG4相关性疾病，这是一种慢性、进行性炎症伴纤维化的疾病，可累及多个脏器，如胰腺受累可导致自身免疫性胰腺炎，胆道受累可导致硬化性胆管炎。这组病人的血清IgG4水平常升高，受累组织或器官具有相似的免疫病理改变，病变部位有大量淋巴细胞和浆细胞浸润，炎症反应局部有分泌IgG4的浆细胞生成。

这时候，已经成为主治医师的米梦妮找到了郑文弘医生，用当时留取的许依诺的血样和病理组织切片测定发现血液中IgG4水平果然明显升高，而病理组织的IgG4染色也呈强阳性。

"没想到你还一直惦记着这个病人呢！"郑文弘医生的话语中充满了赞许，"我很高兴，你已经成为一名能够独当一面的医生和出色的研究者了。"

米梦妮看着诊断明确的病理标本，脸上洋溢着满足的笑："郑医生，我到现在都还记得你当时说的话呢，多年来，我一直随访这个病人，在后续的临床中我又间断发现一些类似的病例，所以一看到日本学者的这篇论文，就立刻想到了许依诺。"

"许依诺现在怎么样了？"

"她现在非常好，只用非常小剂量的免疫抑制剂维持治疗，病情一直很稳定，前两年初夏，她和麦乐在熙和医院生了一个女儿，取名叫甘夏，还顺道来看了我。"米梦妮的脸上笑出了一对甜甜的酒窝。

"两个文人生的宝贝，将来也会成为艺术家吧。"郑文弘医生打趣。

"哈哈，许依诺说，这几年总和医生打交道，反倒想把孩子培养成医生。那天我们见面时，刚好赶上一阵细雨，就一起在熙和医院老楼的过道里避雨，聊了好久。看到老楼外郁郁葱葱的树和下课回宿舍的医学生，麦乐诗兴大发，即兴写了一首。"米梦妮打开手机，翻着相册，"我给你看看。"

照片是麦乐在笔记本上写下的诗：

"细雨逐香露，层层薄纱匀廊处。

路人轻扶松柏枝，惊珍珠无数。

倚栏望，青砖绿瓦白玉柱。

庭院深，信步三五顾。

春已暮，茂色满溢书香户。

夏初入，杏林美誉百年树。

鬓角未星，叹流年怎能虚度？

问良医何在？眼前三千新木。"

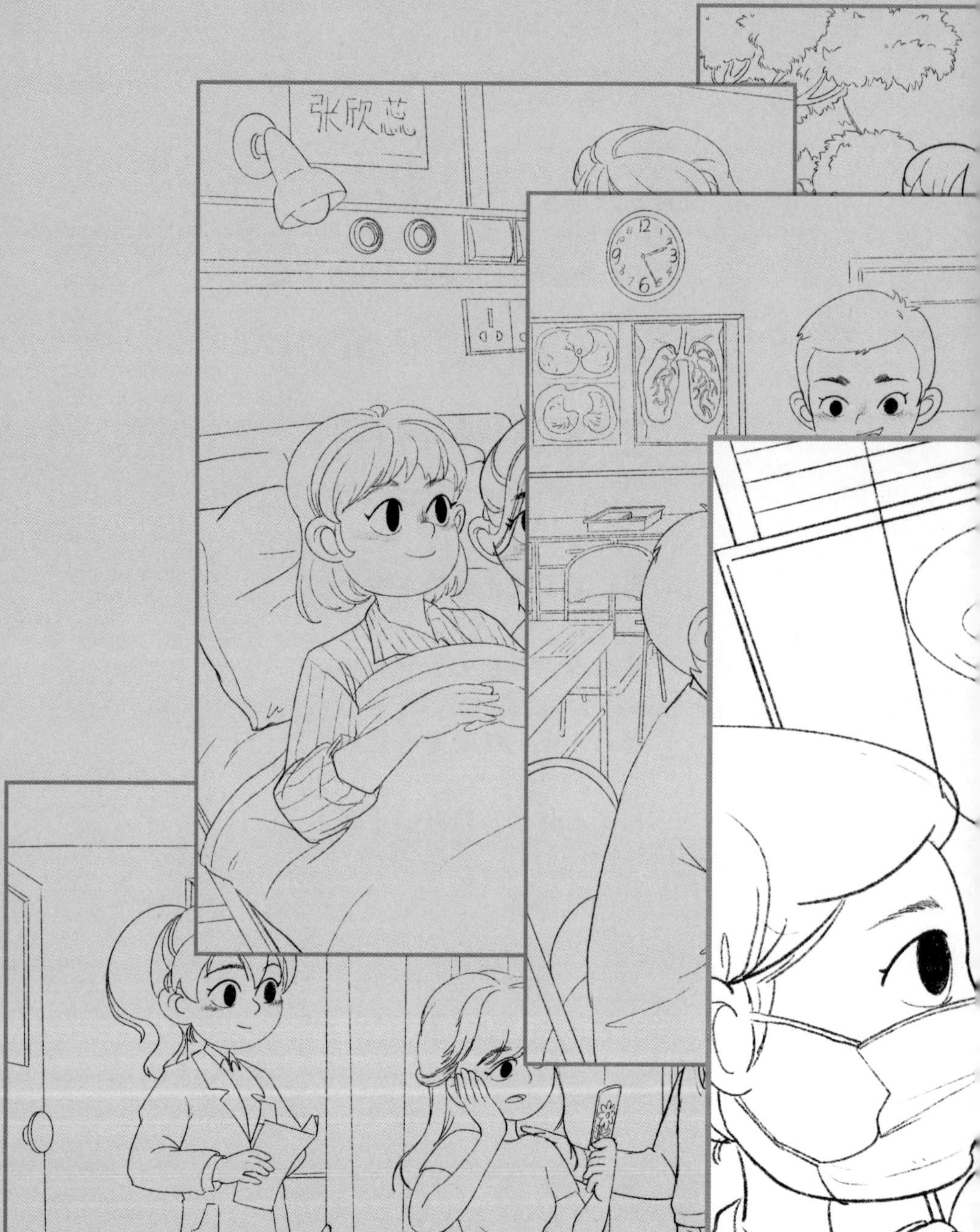
张欣蕊

当所爱在眼前凋零

临近新的一年，刚从重症监护室出来没多久的苏巧巧又轮转到了急诊科，这回她要去的地方是抢救室。我也同时轮转到了急诊科，刚好和苏巧巧搭班。

恰逢冬季，"一下雪，北京就变成了北平"——这句话不假。雪花飘落的时候，发出窸窣的细微声响，仿佛有着一种特殊的魔力，抹去尘世间所有杂音。雪花散落在屋顶、地面、树梢、高耸的烟囱和路边的车辆上，带着特殊的滤镜，掩去现代都市的痕迹，擦拭多余的色彩，把整个世界装点得干干净净。雪花慢慢堆积，又慢慢融化，到了最后，仿佛从未来过，但看过她的人，心灵都蕴藏过美好。

"雪从空中飘下来的时候，就像是一段漫长的旅途，它们都是一点点从江河湖海逐渐汇集而来，想到这一点，就感到在自然面前，人类还是挺渺小的。"晚上接班，我和苏巧巧提前更换好刷手服，在抢救室的里屋休息室等待接班。

"听你这样说，倒像是一件挺浪漫的事，我唯一认同的是人类是挺渺小的，一下雪，会有一大群人摔跤和骨折，我看在今晚的抢救室肯定能遇上好几个这样的病人。"苏巧巧瞪了我一眼，她把长发盘在头上，麻利地扎起一个发髻，紧接着又整理了一下刷手服的下摆，抓起桌上的一杯咖啡咕嘟咕嘟几口喝完。

"呀!"我盯着苏巧巧手中的杯子,一时没反应过来,但越看越觉得眼熟,直到最后,才忍不住叫了一声,"这是我的杯子!"

苏巧巧"咣"的一声把杯子放在桌面上:"没事,我又不嫌弃你。你喝我的就行!"

说完,苏巧巧把她的那杯咖啡推到我面前。我回瞪了苏巧巧一眼。

急诊抢救室的工作节奏和普通病房很不一样。我们过着"白—夜—下—休"的模式。所谓"白—夜—下—休",指的是第一天上白班,从早8点干到下午6点,第二天上夜班,从下午6点干到次日早8点,无论是白班还是夜班,工作强度都非常大,一夜不能合眼的夜班是家常便饭,到了第三天下夜班的时候,往往就会在床上"瘫"一天,注意,不是"躺",而是"瘫",在体力和脑力都高速运转一整晚后,"瘫"在床上的你会感到连动一下都是奢侈的。到了第四天的休班,终于可以放松一下身心,看看书,查查文献,或者看一场电影,去一趟公园,但这短暂的闲暇会飞一般地溜走,很快就会迎来下一轮高强度的白班。

抢救室的工作就是这样如此往复,没有周末。

一杯咖啡下肚,时间已经到了下午6点。我和苏巧巧走出休息室,准备接班。

休息室和抢救室就隔着一扇门，但却是两个全然不同的世界。尽管已经在抢救室工作了快一周，但在推开这扇门的瞬间，我还是能体会到一阵肾上腺素的飙升。

门外的世界，一下子变得如此复杂，又如此简单。我的眼前出现无数匆忙的身影，各式各样的仪器，以及一张张活生生的脸庞，或渴望，或迷茫，或悲痛，或疲惫；我的耳边响起咚咚的脚步声、滴答的机器声、蜂鸣般的报警声，以及一阵阵嘈杂的说话声，或高亢，或低沉，或充满希望，或悲戚欲绝。

这里，是最真实的人世间。

"20 张床位。白天进 10 个病人，出 12 个病人，现在床位还剩 4 张。"看到我和苏巧巧，白班的医生和我们交班，急诊科主治医师郑诗羽也一起到场，和我们挨个查看病人。

抢救室是危重病人的集中地和中转枢纽，白班医生交班时提到的 12 个出室病人中，收入专科的有 7 人，病情好转后转入观察室的有 3 人，死亡 1 人，放弃治疗自动出院 1 人。

郑诗羽医生爱读古文，喜兵书，在我们刚来抢救室的时候，他就给我们讲了蔡锷《曾胡治兵语录》里的一句话："灵明不着，物来顺应，未来不迎，当时不杂，既往不恋。"

"知道是什么意思吗？"郑诗羽医生问。

我和苏巧巧似懂非懂，先是点了点头，又一起摇了摇头。

"简而言之，在抢救室的每一个班次中，你们要干的事情就是专注手头的每一个病人，快速判断，敏捷处理。记住，在抢救室里你很难实现病人的完整治疗，更多的时候，你要做的是努力稳定他们的生命体征。多数病人，在你初步处理后就需要转交专科。也总有一些病人，纵然用尽所有力量也无法挽回，在你放手之后，需要尽快重新调整自己，专注在手头的病人上。"郑医生和我们解释道。

我和苏巧巧暗下体会了几秒钟，这才肯定地点了点头："明白了，当时不杂，既往不恋。"

跟着郑诗羽医生查看病人的时候，我们很难察觉到郑医生脸上的表情变化，他没有微笑，没有愁容，眉间似乎皱起那么一点点，但看不到任何程度上的改变，他说话时语气很平静，又透着一股不容辩驳的肯定。你听他查房的时候，仿佛一片平静的湖面，湖水深不见底，一颗石子"咚"的一声落入水面，干脆利落，未掀起一点儿水花，甚至没有泛起一丝涟漪。

如同郑医生告诉我们的那样，他只关注抢救室当下的所有病人，他厘清一些细节，把后续治疗的关键点交代给我和苏巧巧，短短半小时，我和苏巧巧就对晚上的夜班变得信心十足了。

交接班结束时，郑诗羽医生叮嘱了我们一句："今晚下雪，晚上少不了来几个骨折的病人，你们辛苦。"

苏巧巧得意地瞟了我一眼："你看，我刚才说什么来着？"

郑医生和苏巧巧预测得没错。接班后，短短不到 3 小时，急诊就来了 6 个骨折病人，其中两个送进了抢救室。骨科会诊医生总是刚一回病房就又被叫了回来。到了夜里 11 点多，骨科医生索性坐到了急诊分诊台边上。

"我倒要看看今晚还能再来几个！"

但接下来的一个小时却平静得有些出奇。趁着这段间隙，我和苏巧巧抓紧整理了一遍抢救室病人的资料，开具了次日的化验单，调整了部分医嘱。

零点时，没能等到新病人的骨科会诊医生准备离开，吴军穿着白大衣出现在抢救室门口，他快走几步径直进入里屋休息室，一会儿出来时，走到我们面前说他在休息室桌上放了热乎乎的烤串，等我们处理稳妥后可以轮流进去吃两口。

骨科会诊医生笑了笑，毫不客气地先去了休息室。

苏巧巧做了个请的手势，让我先进去填饱肚子，自己则在抢救室里守着病人。

"你也快点儿回去吧，都 12 点多了，明天还要上班的。"苏巧巧敲着键盘，转头看向吴军。

大冬天里揣着烤串一路小跑过来，吴军有一点儿气喘："好的。晚上要是情况允许，稍微眯上一会儿，明天下夜班后要好好补觉。你就是这点不好，晚上总是熬夜读文献，急诊下了夜班也不在家好好休息……"

"哎呀，不要再碎碎念啦。"苏巧巧停下正在敲击键盘的双手，调皮地捂住耳朵，"我答应你，明天一定好好休息，一定好好休息。"

"那我先走了。"吴军轻轻扒开苏巧巧捂着耳朵的手，在她耳边说，"晚安。"

说完，吴军的脸上有些泛红。苏巧巧冲着吴军眨了两下大眼睛，目送他离开。

我们交替进入里屋，三下五除二地解决了吴军带来的烤串后继续投入紧张的工作。在抢救室的下半夜，我和苏巧巧又收了 2 个急性心肌梗死病人，1 个大叶性肺炎、呼吸衰竭病人，1 个急性肾衰竭病人和 1 个疑似肺栓塞病人，完成两次深静脉置管、一次气管插管，以及一组心肺复苏。

到了早交班的时候，我和苏巧巧刚配合着抢救完那个心肺复苏的病人，拿起交班本的手还在颤抖。

郑诗羽医生依然平静地和我们挨个床位地查看病人，指导接班的医生需要注意的事项。在我们交代完最后一张床的病人后，郑医生轻轻地点了点头。

"干得不错。"郑医生最后表扬我们的时候，神情和语气依然察觉不到半点儿波澜，"今天用来休息和放空自己，等两天后上班时你们面前的病人肯定已经换了一波。"

一转眼，这样的生活过了快三周。白班也好，夜班也罢，每一次走进抢救室，我们都会像陀螺一样转个不停，但慢慢地，我和苏巧巧有了自己的节奏，彼此之间的配合也越来越默契，甚至在近两次的夜班，我和苏巧巧在妥当处理好各种事情后还能轮流在休息室的桌面上趴上一会儿。

每逢夜班，吴军总会在接近半夜12点的时候给我们送来一些食物，有时候是烤串，有时候是几碗炒面，有时候是几块糕点……他总会叮嘱苏巧巧在下夜班后注意休息，而苏巧巧却依然我行我素，利用休息日回顾工作中遇到的案例，查阅文献资料，写些总结笔记。

下夜班后，我也没有休息，虽然我的体力似乎不如苏巧巧那般好，在下夜班后还是想着先睡上一觉，但有时候，在疯狂忙碌过后，我躺在床上反倒怎么也睡不着了，真就是"瘫"在床上半天，然后索性一骨碌爬起来看书。到了真正的休息日，我的精神才慢慢缓过来，投入学习或研究中。

到了抢救室后，我和米梦安约会的时间都变少了。不巧的是，在我的排班里，休息日很少会撞上周末，更多的时候，我只能抽空和米梦安煲个电话粥。好不容易有一次下夜班是在周日，我强打着精神陪米梦安去看电影。在电影院昏暗的灯光里，刚开场五分钟，我就结结实实地睡着了。当电影结束时，灯光亮起，周围响起观众离场的脚步声，我发现自己正斜靠在米梦安的怀里。

"要不，你继续睡一会儿？"米梦安低头对我说，"我已经买了这里下一场的电影票。"

就这样，在抢救室里，我和苏巧巧值完了圣诞前夜的夜班，八天之后，又迎来了元旦的夜班。

我对"圣诞前夜"这个日子并没有太多感觉，但在新年辞旧迎新的那一刻到来时却有点儿百感交集。米梦安和我一起吃了顿晚饭，她把我送到医院门口时，和我拥抱了好一阵子。

到了抢救室，我看到吴军也送苏巧巧上班，他的手里提着一个篮球，和苏巧巧告别时说自己和朋友约着一会儿打个比赛。

"吴军真的是很喜欢运动。"更衣后，我和苏巧巧又在抢救室里屋碰面。

"嗨，他最好赶快运动消耗点儿精力。"苏巧巧又是大口地喝着咖啡，"免得总是烦我，让我不要熬夜啊，注意休息啊。"

"不过他这确实是为你好。"我也拿起杯子喝了几口咖啡，"你看他总是想着你，每个抢救室的夜班都给你送吃的。"

"我清楚自己的生物钟。"苏巧巧喝完咖啡，"咣"的一声放下杯子，"送吃的这一点倒是非常有心了，最近总在大晚上吃东西，我感觉自己在抢救室转科反而要长胖了。"

不多会儿，我和苏巧巧就投入了夜班的"战斗"中。

交接班后，我们刚按照郑诗羽医生的建议调整完抢救室里现有病人的医嘱，记录一遍病程，时间已经过去了一个多小时。

晚上快 10 点的时候，抢救室里同时送进两个重症病人，一个呼吸衰竭，一个感染性休克。

"一人搞定一个。"我对苏巧巧使了个眼色。

"我来气管插管，你负责那个休克病人的深静脉置管。"苏巧巧说完，就喊上值班护士把呼吸机推到那个呼吸衰竭的病人身边。

在迅速和家属交代病情并取得知情同意后，我们分头开始各自的抢救工作。在搭班护士的配合下，我的深静脉置管非常顺利，导管刚一放置完成，护士就麻利地挂上一袋生理盐水，全速向血管内输注。

这个过程被称为快速扩容试验，如果快速输注250毫升以上液体后病人的血压没有升高，我就要使用升压药物了。

苏巧巧那边的气管插管进行得却不那么顺利，搭班护士盯着监护仪对我说："这边我先看着，你过去瞧瞧苏医生。"

苏巧巧的病人是一个体型壮硕的大汉，脖子粗短，下颌短小，一看就是容易造成困难插管的类型。我到苏巧巧身边时，她满头大汗，正弓着身站在病人的床头，握着简易呼吸器继续给病人通气。她上半身的刷手服被汗水浸湿，后背的衣服被压出几重皱褶，贴在背上。

"试了两次都没有成功，可能需要喉镜辅助，我叫了麻醉科医生帮忙。"苏巧巧略微喘着气，但口气却像郑诗羽医生那样处乱不惊。

话音刚落，麻醉科总住院医师已经拎着装备赶到病人床头。与此同时，护士台传来呼叫："医生到4床，新进一个病人，胸痛，生命体征不稳定！"

"你先去看看，我马上就来。"苏巧巧对我说，随后对麻醉科医生点头打招呼。

"好的。"我拔腿就往4床的方向快步走去。

远远一瞥，我突然发觉4床那边的气氛有些不对劲儿，床边站着好几个壮实的男生，大冬天里，有两个还穿着运动短裤。我迈开大步走到病床前，床旁的男生看着有些眼熟——我猛然想起这不是篮球场上经常和吴军打球的那几个医学生吗？

我有一种不祥的预感，心里咯噔一下，拉开4床的帘子：蜷着身子侧躺在床上的，正是满脸痛苦的吴军！

一直以来，吴军在我心里都是高大帅气的形象，而此时的他仿佛蜷缩得特别小，或许是因为运动后，或许是因为疼痛，他身上的篮球服被汗水打湿，和他额前沾湿的头发一样，无精打采地随着身体一起颤抖着。

还没等我开口，身边围着的医学院师弟们已经七嘴八舌地说开了："吴军，27岁，胸痛20分钟。"

"打篮球时，他一个三步上篮，落地时不小心滑倒，被篮球砸到胸口，之后出现胸痛，疼痛剧烈，整个人蜷

204

在地上起不来，脸都白了，伴随大汗和皮肤湿冷。我们用担架把他抬到了急诊。"

"在分诊台那边，我们为他测了生命体征，体温37.4℃，血压162/94mmHg，心率124次/分，呼吸频率24次/分，血氧饱和度96%。"

"吴师兄算不上典型的瘦高体型，但也算偏高偏瘦，我的第一感觉是担心他被篮球砸出气胸，拿起听诊器仔细听了一下，没有呼吸音减弱。"

"吴军没有慢性基础性疾病，没有吸烟等不良嗜好，我们刚才做了一份心电图，心电图在这里，没有见到明显异常。"其中一个穿着运动短裤的师弟递给我一份吴军的心电图。

我的脑子在飞快转动着：这些医学院的师弟们做得很对，急性胸痛，最常见的病因就是心肺问题。吴军的身体没可能在这个年龄发生心肌梗死，心电图也完全不支持，气胸的确需要考虑，我要重新听诊一下他的双肺。其他的可能性还有很多，如肺栓塞、心脏压塞、主动脉夹层、少见的食管和纵隔病变……

当务之急，我要重新仔细地对吴军进行问诊和体格检查。

我深吸一口气，俯下身，轻轻握住吴军的手："嘿，伙伴，你的情况我初步了解了，很快就会给你止痛，现在能简单描述一下你的疼痛吗？"

"痛，非常痛，胸痛……往上放射，脖子和咽喉都痛，我的背——也痛。"吴军从嘴里痛苦地挤出几句话，仿佛已经用去了所有气力，他的鼻翼在急促地扇动着，额头上又冒出豆大的汗珠。

"现在我需要检查一下你的心肺，你能稍微躺平一点儿吗？"我和身边打篮球的师弟们一起缓缓地把吴军的身体摆正了一些，他咬着牙，双腿依然蜷着，扫视了我们一眼，突然一只手抓住我，小声地问："苏巧巧呢？"

话音刚落，床边的挡帘"唰"一下被拉开，苏巧巧先是探入个脑袋，之后立刻挤了进来，她身上的刷手服和头上的一次性手术帽已经被汗水浸透，刚才的那个困难插管应该已经完成了。

她一把摘下手术帽，顺势一抹额头上的汗珠："护士告诉我是你，怎么真的是你，怎么回事？"

吴军的嘴角好像突然有了一丝笑意，但他什么都没说。

我和苏巧巧拿起听诊器，一起在吴军身上检查着：双肺呼吸音清，没有干湿啰音，心脏各瓣膜听诊区——

我和苏巧巧的听诊器都挪到了主动脉听诊区的位置，这里听到了杂音！

"夹层！主动脉夹层！"我和苏巧巧互相看了一眼。苏巧巧迅速把听诊器往脖子上一搭，把监护仪的血压袖带移到吴军的另一侧上臂。

这一侧的血压是 128/84mmHg！和另一侧的血压有明显区别！两侧肢体血压不对称就是主动脉夹层的标志性症状！

急性主动脉夹层是心血管上的一颗"定时炸弹"，如果不能得到及时有效的治疗，24 小时死亡率为 50%，发病后一周死亡率接近 70%！

这是绝对的急危重症！

苏巧巧整个人都呆住了，满脸不可思议，眼睛睁得滚圆，直勾勾地看着吴军，一句话也说不出来。

吴军伸手轻轻牵住她的手指，语气有些虚弱："我突然想起……好几个月前你就说我的心脏好像有杂音，看来你是对的。"

两行眼泪一下子从苏巧巧的眼眶中涌出。

"快！吗啡止痛！吸氧！静脉输入降压药！准备出室检查增强 CT，同时叫心外科会诊！"我给身边的值班护士接连下了几条口头医嘱，护士答应一声就一路小跑地去准备了。身边的几个师弟也在一时的惊愕中反应过来，开始整理监护仪的导线，备上出室检查的氧气瓶和抢救设备。

在镇痛药和降压药的作用下，不一会儿，吴军的疼痛感稍微好转了几分，之前明显升高的血压也有所下降。我们做好了CT检查前的所有准备。

"苏巧巧，你就在这里等着。我们去去就回！"抢救室送重症病人外出检查时需要由一个医生陪同，而另一个值班医生就需要留在抢救室里看守剩下的病人。

苏巧巧本来有些茫然地看着我们，突然激灵一下，深吸一口气，坚定地说："程君浩，还是让我陪吴军去检查吧！"

躺在检查平车上的吴军对我笑了笑，用手指了一下苏巧巧。在疼痛过后，他平时帅气而健康的脸庞失去了血色，听到苏巧巧的话，又好像一下子精神了许多。

我冲着吴军一笑，点点头，看着苏巧巧麻利地指挥护士和几个师弟护送着吴军外出。

我留在抢救室，继续完成此前收治的两个新病人的治疗收尾工作。在一连串忙碌的操作即将结束时，我终于感觉到突如其来的疲惫。

"你们怀疑主动脉夹层的病人在哪里？"心外科会诊医生林悦晨跑进抢救室的工作站。

"外出检查，应该快要回来了吧？"我看了一眼墙上的时钟，时针刚好指向 11 点的位置，咦，吴军他们出门好像有点儿久，怎么也得有二十多分钟了吧？

我心里正嘀咕着，抢救室门口传来一阵匆忙的脚步声，夹杂着苏巧巧尖锐的叫喊："让一让！抢救！"

认识苏巧巧这么久，我第一次听到她的声音如此坚决又如此凄厉。我的身体一下子从椅子上弹了起来，冲到抢救室门前，看到苏巧巧拼命地拉着检查平车，大步地跑了进来，她身后跟着那群陪同检查的护士和师弟们。

"血压下降！"几位师弟一边迅速把吴军放在 4 床上，一边对我们说道，"增强 CT 完成，主动脉夹层明确，Stanford A 型。在往回推的路上，大约 3 分钟前，吴师兄的血压突然下降！"

我一眼瞄到监护仪上那个可怕的数值——92/63mmHg，尽管不算太低，但对于不久前还表现出高血压的主动脉夹层病人来说，这已经是非常吓人了。我低头看了一眼吴军，他的眼皮微微地耷拉着，脸色变得灰暗，甚至没有了刚才因疼痛而蜷缩时的生气，他的胸膛随着呼吸短促而细微地颤抖着。

苏巧巧已经把吴军的静脉降压药换成了生理盐水，她焦急地盯着监护仪，又测了一遍血压——89/57mmHg! 她面色煞白，瞪大了眼睛，声音有些颤抖地对值班护士说："快准备升压药！"

　　"是主动脉夹层破裂吗？"跟着一路跑回来的师弟喘着气问。

　　"Standford A 型，累及主动脉根，听一下心脏，警惕心脏压塞。"在一旁看 CT 片的心外科医生林悦晨抓过听诊器放在吴军的心前区，眉头一皱，他将吴军的头轻轻歪向一侧，凸显出一条膨胀的颈静脉，他抬头喊道："快把超声推过来！"

　　我们的心脏周围包裹着一层膜，叫作心包。平时，这个心包形成的腔隙很小，里面填充着少量液体，起到润滑作用，减少心脏运动时的摩擦。主动脉夹层破裂是一件非常可怕的事情，大量血液会从这个破口快速涌出，导致病人低血压、休克。夹层的破口如果出现在心包腔，又是这个可怕后果中最为严重的一种，大量血液会在几分钟内填充心包腔，形成急性心脏压塞，心脏每搏动一下，就有可能让更多血液从破口溢出，填塞的程度会越来越重，反过来遏制心脏的搏动。

　　这个过程，好比一个人被一股无形的力量操控着，双手扼住自己的脖子，一点儿一点儿用力，慢慢把自己勒死。

超声下，吴军的心脏被大片的液性暗区淹没，心脏在其中搏动，仿佛一个落水的人在不断挣扎。

"快，我们要做心包穿刺！"苏巧巧的眼睛都要瞪出来了，红红的血丝分明可见。

"不行！主动脉夹层导致的心包积液，除非万不得已，通常不应该尝试心包穿刺，因为缓解心脏压塞可能导致更严重的出血。"林悦晨医生对我们喊道："快把病人送到手术室！马上做手术！"

"苏巧巧，你跟着去，这里交给我！"我埋头和护士、师弟们一起做转运前的准备。

"你们都跟着去，抢救室我看着。"不知什么时候，郑诗羽医生站在了我们身后，"护士刚刚在电话里和我说了这边的情况，我从值班公寓赶了过来。你们照顾好自己的同事，我来照顾抢救室的病人。"

苏巧巧浑身颤抖着，双目通红，泪水簌簌而下。

郑诗羽医生使劲儿拍了两下苏巧巧的肩膀："坚强！一会儿在手术台上，吴军更需要你！"

苏巧巧"嗯"了一声，用力点了点头，脸颊上的泪水哗啦啦地滑落，尽数落在抢救室坚硬的地板上。

我们一行人推着床一路小跑来到手术室。苏巧巧的眼睛一会儿看看监护仪，一会看着吴军，到手术室门前时，监护仪上的血压已经掉到了82/51mmHg，苏巧巧咬咬牙，拍了拍吴军的手，在他耳边说道："吴军，你等着，我们手术台上见！"

　　吴军张开微微合起的眼睛，努力挤出一丝笑容。

　　戴手术帽，换了一身干净的刷手服，洗手，戴上手套……当我从更衣间走出来的时候，看到同时从更衣间走出来的苏巧巧，此时，她的眼神已经褪去了刚刚的犹豫，步伐变得坚定。

　　"我们快点儿。"她语速很快，语气中夹杂着焦急和沉着。

　　走进手术间，林悦晨医生和他的同事已经帮吴军摆好体位，在吴军健壮的胸肌之间，他们用马克笔画了一道手术切线。麻醉医生徐云雯调整好输液速度和升压药的泵速，监护仪上吴军的血压维持在95/63mmHg，但心率比之前还要快。

　　"我们抓紧时间，病人的生命体征仍然不稳定，一会儿麻醉时风险很高。"徐云雯医生关切地看看我们，又加大了升压药的泵速。

　　护士帮我和苏巧巧穿上手术服，我们站在二助和三助的位置上。整个过程中，苏巧巧的眼睛一直盯着吴军，即将开始诱导麻醉时，吴军使劲儿睁开眼，润了润嘴唇，呢喃地要和苏巧巧说句话。

苏巧巧把耳朵凑到了吴军的唇边。

吴军说："谢谢你的陪伴，有你在我身边，真好。"

他的声音很轻，但在安静的手术室里，伴随着监护仪的响声，这声音还是一清二楚地传到我们每个人的耳朵里。

"我爱你！"苏巧巧轻轻伏着身，看着吴军的眼睛说。

在麻醉面罩盖住吴军的鼻子之前，我们清晰地看到吴军的嘴角大大地咧开。

他笑了，笑得很开心。

诱导麻醉结束，徐云雯医生顺利地完成了气管插管，她抬头看了一眼监护仪，生命体征和之前差不多，她长长地舒了口气。

"23点26分58秒，主动脉夹层修补术，手术开始。"林悦晨医生用手术刀划开吴军胸骨上的皮肤。

胸骨劈开，扩胸器固定，林悦晨医生娴熟地暴露出心脏："我们要破开心包，直视下寻找主动脉夹层破口，完成缝合。出血量会比较大，准备好吸引器。护士，把血库调来的血都输上！开到最大！"

破开心包，伴随着心脏的跳动，大量鲜血喷涌而出，又被吸入吸引管中，很快就装满了一个吸引器的瓶身。

"这里有个缺口！"林悦晨医生摆弄着手上的手术器械，调整出一个角度，用手探向主动脉夹层的破口。

"室颤！"徐云雯医生对着我们惊慌失措地叫了一声。

监护仪上，原本有节奏的心电图变得杂乱无章，规律起伏的线开始绝望地上窜下跳。这是我从医以来第一次如此清晰地看到一颗正在室颤的心脏：手术视野下，吴军的心脏仿佛在激烈地搏斗，不断地挣扎，像抽筋的肌肉那样，在细微的抖动中不断僵化。

没有半点儿犹豫，林悦晨医生一只手用血管钳夹住血管的破口，另一只手抓住心脏，开始在直视下进行心脏按摩。

另一名心外科医生从护士手里接过心脏除颤仪的电极板，一块置于吴军的右心室面，一块置于心尖部。

"10J，准备除颤！"林悦晨医生在血管钳上包裹好绝缘材料，"闪避！"

除颤电极板放电，吴军的心脏跟着跳动了一下，然后像是愣住了一瞬间，紧接着又开始细微颤动。

"再来！10J！"

依旧没有任何效果，吴军的心脏还是在细微颤动。

"再来！"

三次除颤过后，心室颤动还是没有消失，吴军的心脏抖动得越来越微弱，抖动几下就像是要被冻僵了一样。

林悦晨医生二话不说，伸出手，继续在直视下进行心脏按摩。随着按摩的进行，在血管钳的边缘又有血液不断渗出。林悦晨医生的手套和袖口，染红了一大片。

在场的我们都是医护人员，大家都非常清楚，我们即将要永远失去眼前的这个病人——吴军了……

"不要再按了。"大约又过了三五分钟，苏巧巧的嘴里飘出一句话，语气很轻，荡在手术室的空气中，又重重地砸在我们每个人的心里。

停下手中的动作，林悦晨医生慢慢松开吴军的心脏，被血管钳夹住的破口渗血停住了，那颗心脏——也停在了那里。

"死亡时间，0点9分28秒。"林悦晨医生看了看手术室墙面上的时钟说道。

苏巧巧缓缓往前凑近一步，一只手轻轻抚摸着那颗心脏，看向吴军的面庞，在呼吸机一张一弛地送气中，他似乎只是睡着了。

"拔管吧。"苏巧巧声音哽咽，她再也忍不住，眼泪夺眶而出，她用袖口直接抹了抹眼角，血迹和泪痕弄花了她漂亮的脸。

拔管，缝合手术刀口，清洁，更换衣服……吴军安详地躺在手术台上。

"刚才，他在麻醉中，没有痛苦。"麻醉医生徐云雯扶住苏巧巧的身体，给了她一个大大的拥抱。

送往太平间之前，苏巧巧反复端详着吴军那张依然帅气的脸庞，她慢慢伏下身，吻在吴军的额头、鼻尖和嘴唇。

焦急等待在手术室外的师弟们已经得知了消息，他们跟在我们身后，护送吴军的遗体去往太平间。一路上，我们都没有说话。

看着吴军的遗体缓缓滑入冰柜，锁好柜门，苏巧巧慢慢地从太平间走了出来。她倚在墙边，全身都在轻微地抖动，身体顺着墙体缓慢滑坐在地面。她摘下手术帽，早已散开的发髻落下，搭在她的眉间、耳廓和肩膀……

"我们陪师姐坐一会儿。"几个师弟一起靠着墙壁坐在苏巧巧身边。

"你先回抢救室吧。帮我和郑诗羽医生说一声对不起。"苏巧巧微微抬起头，透过散落的头发，我看到她的眼角闪着泪光。

我弯下腰，在苏巧巧的肩膀上轻轻拍了一下。

我回到抢救室的时候，时间是 0 点 42 分，郑诗羽医生正在抢救室里忙碌着。见到我，他指了指里屋的休息室，不容辩驳地对我说："进去休息，今晚这里交给我！"

和抢救室相比，休息室的灯光要幽暗不少，我突然觉得又累又渴，拿起桌上的一杯水咕咚咕咚地喝了下去，放下杯子一看，竟然是苏巧巧的。桌面上，还散落着两个外卖袋子，这是之前吴军拿着烤肉过来时留下的……

泪水不受控制地从我的眼眶里滚落，我没有去擦拭，任由它流淌到我的嘴里，又苦又涩。

217

因为是医生

当熙和医院里一位传奇的住院医师停止了心跳，京城就该有一场大雪。

西伯利亚的寒潮掠过吴军的家乡内蒙古，与暖湿气流交汇在北京上空，流下大把的眼泪。这眼泪有形状，晶莹剔透地从空中飘落，落在地上，白茫茫一大片。

冬日里的雪簌簌落下，好像一首伤感的离别曲。

七天后，是吴军的遗体告别仪式。那天的雪，下得很大。

这段时间，总住院医师给苏巧巧安排了休假，我在抢救室里和一位高年资的住院医搭班。米梦妮放心不下苏巧巧，第二天就搬到了苏巧巧和吴军租的小屋，一下班就过去陪着她。米梦妮和我说，苏巧巧每天吃饭都很不规律，想起来就吃两口，剩下的时间里她没日没夜地看书、看电脑、写东西。

"苏巧巧，你别总是熬夜，我们都担心你的身体。"吴军去世后的第三天夜里，米梦妮在苏巧巧卧室的床上醒来，看到苏巧巧桌面上的台灯依旧亮着。

"你知道吗"，苏巧巧的台灯前堆放着大把大把的纸巾，她哽咽着说，"当你失去自己最喜欢的人，就会拼命想做一些他之前不喜欢你做的事情，好像只要这样做的话，下一秒钟，他就会出来'骂'你……"

　　深夜里，两个女孩一句话不说，互相拥抱着，支撑起第二天的黎明。

　　第四天，沈一帆来找苏巧巧。他并没有说太多话，也没有做什么，敲开苏巧巧的房门后，两个人在门里门外站了一会儿。沈一帆说了句"节哀顺变"，他买了好几袋苏巧巧平时喜欢吃的零食，临走前放在门口。

　　第五天，吴军的父亲吴同从内蒙古赶到了北京。吴军告诉过苏巧巧，从自己到北京上学、工作以来，快十年的时间里，一向省吃俭用的父亲从来没有来过北京。每年春节只要有空，他都会回家看望父亲，而今年春节，他原本想带着苏巧巧一起回内蒙古的。

　　苏巧巧化了个淡妆，掩住了因数日没有睡好而出现的黑眼圈，和吴军父亲坐在一家面馆里。他点了两碗面，两人默默吃完。吴军父亲从怀里掏出一条红布包裹的宝石项链："这是我家传的，我之前让吴军送给他喜欢的女娃子，现在留下来也没什么用，给你戴着吧。"

　　吴军父亲说得很真诚，他说话时，那古铜色的脸上布满了风吹日晒的褶子，就像印刻在树木上的年轮那般肯定。

　　这条项链，苏巧巧也从吴军那里听说过，他的祖父传给了他的父亲，父亲送给了母亲，母亲去世后，父亲就一直留着，打算孩子将来娶媳妇用。

苏巧巧双手接过项链，戴在自己白皙的脖子上。

"女娃子，好看！"吴军父亲说。

苏巧巧帮吴军父亲找了家旅馆，一天上百元的费用让吴军父亲瞠目结舌，苏巧巧提前结算了费用，让吴军父亲安心住下来。

第七天，大雪纷飞。

吴军父亲是第一个到了送葬现场的。苏巧巧、米梦妮，还有我们这一届的住院医一同来到吴军的遗体告别会上，一起打篮球的师弟们来了，熙和医学院合唱团的杨小贝来了，吴军转科时遇到的几个主治医师来了，内科学系沈鹏主任和各专科主任也来了。

上一次我和同一年的住院医们聚得这么齐，还是在两年前盛夏熙和医院的入职见面会上。那时候，我们所有人穿着白大衣，等待和沈鹏主任见面，唯独吴军咋咋呼呼地穿着运动衫跑进了会场。今天的仪式上，吴军终于和我们所有人一样，都穿了一套黑色西装。

吴军躺在白色的鲜花中，我们所有人里最喜欢运动的他，在今天，就这么安安静静地躺着。

过去七天，苏巧巧已经把眼泪流干了。她端庄肃穆地站在吴军父亲身旁，微微低着头，深情地凝望着吴军。

沈鹏主任缓缓地走到我们跟前，站定。他向着吴军的遗体鞠躬，之后用坚定的目光逐一扫过我们每一个人，深沉地说道："今天的天气非常冷！在这个寒冬，我们失去了一个年轻的好同事，父亲失去了一个好儿子，苏巧巧失去了一个近似至亲的人。"

在场的所有人，头埋得更低了，大家都感受到来自心底的悲恸。

"我，和你们一样悲痛。在前年夏天，我和你们说过，录取你们这些年轻人，是我最为骄傲的工作成果。在将近两年的时间里，吴军和你们所有人一样，扎根临床，寂寞而又耐心地成长着，现在，他已经是一名可以独当一面的医生了。"

"我听过吴军的故事，他坦诚、善良、乐于助人，他有着成为一名好医生的所有品质，而且，他也已经是一名优秀的医生了。"沈鹏主任停顿了一下，"我悲痛于他的离开。我们医生，在行医生涯中会遇到很多病人的死亡，也会经历亲属和好友的离世，但我们的心从未被死亡的残酷磨平，我们依然可以在死亡中感受到爱，感受到世间的美好，而这些，还会在今后的人生中给予我们挑战病魔、战胜疾病的勇气。"

在沈鹏主任平静却充满力量的语音中，我们慢慢抬起头，看向沈鹏主任。

"让我们再好好看看吴军。他离开了我们，永远地离开了我们。但我们会带着他的记忆继续生活下去，我们会重新出发，帮他照顾好他想照顾的病人，帮他去实现他没有实现的愿望。因为，我们是医生！"沈鹏主任说完，率先在吴军的身边放下一朵白花。

我们所有人，一个接着一个，缓步而行，在吴军身边郑重地放下一朵朵白花。

吴军父亲虽然不是很明白沈鹏主任说的话，但他显然感受到了同事、朋友对他儿子的爱和尊重，他满是沟壑的脸上写满了悲痛和感激。

苏巧巧走到吴军父亲身边，在他耳边轻声说："沈主任说，你养育了一个好儿子，我有一个很棒的男朋友。"

葬礼结束后，苏巧巧和吴军父亲一同收拾吴军的遗物。离开家乡将近十年，吴军的东西不多不少，刚好装满两个手提箱。在苏巧巧的坚持下，吴军父亲答应和她一起把东西送回内蒙古。苏巧巧说，她想看一眼吴军向她描绘过的大草原，以及大草原夜晚天空中无数璀璨的繁星。

再次见到苏巧巧，已经是半个月后。一月底的时候，我正在抢救室里上白班，她走进抢救室，在我不太忙的时候指着排班表对我说："你还想在抢救室待一个月吗，如果还和我搭班的话？"

她剪了短发，皮肤晒成健康的小麦色，一副英姿飒爽的样子。

十二月和一月的轮转下来，按照计划，我已经完成了抢救室两个月的工作，照理应该去其他科室。

但看到苏巧巧重新回归，我心里有种说不出的开心，我知道，眼前的苏巧巧和从前不一样了，她看过吴军看过的草原和星空，她会带着吴军的记忆和梦想继续前行。

这样的苏巧巧，我愿意成为她出发第一站的伙伴。

"好呀，为什么不?! 我去找负责排班的总住院医师说说。"我的脸上满是笑意。

"不用了。我已经和总住院医师说过了，他说，只要你同意就可以。"她伸出右手，和我击了一掌。

晚上八点下班后，我和米梦安约好见面。在接近两个月的时间里，在熟悉了抢救室的节奏后，我已经学会抓住每一个可能的时间间隙，和米梦安吃饭、约会。

晚上吃饭时，我对米梦安说，下个月我还要在抢救室轮转。

米梦安一嘟嘴："好啊! 程君浩! 你作出这个决定前怎么不和我商量一下？"

"啊？怎么了？我的梦安有什么安排吗？"我把米梦安的手抓在自己的手中。

"二月份就是春节啊。你去年暑假没能和我回家看父母，我原计划春节带你一起回宁波，我父母至今还不知道我和谁谈恋爱呢。"米梦安歪着脑袋靠在我的肩膀上，"不管，你又欠我一次，欠我的，将来都要还我。"

"你不是说过，只要我的计划里有你，什么时候见父母都没关系吗？"我轻轻刮了刮米梦安的小鼻子。

"那你说，你打算什么时候和我结婚？"米梦安睁大眼睛，凑在我跟前盯着我看。

"等我完成总住院医师的轮转好不好？"

"嗯，还有三年多呀"，米梦安掰着手指数了数，

“真是的，你呀，总说忙，总是让我等。”

“梦安，你是觉得时间太久了吗？”

“才没有呢！我还没有想好要不要和你结婚呢！”

当初夸下海口要写《医院三部曲》，

现在依然在努力慢慢实现。

咱们下一本见……

陈罡

2023 年 5 月于北京

这世间，

医院是对"信、望、爱"最好的诠释，

生命是无价的，医学是神圣的，

正是有了一群和你我一样的普通人，

披上了白衣，

才让医院里展现出了人性的柔美。